政略より愛を選んだ結婚。
～後悔は十年後にやってきた。～

CHARACTERS

セーラ
外交が得意なオルヴィス侯爵家の一人娘。
ティレーヌ王国の王太子と婚約していたが、
王太子の都合で婚約解消となり、
コードウェル公爵と結婚した。
フェリックス
ティレーヌ王国の公爵。
非常に優秀な人物だが、
滅多に表に顔を出さない。

ティレーヌ王国王妃
チェスター王国の王女。
ティレーヌ王国国王
厳格な人物。
リリアナ
ティレーヌ王国の王太子の子供。
マクシミリアン
ティレーヌ王国の王太子。自身の恋愛感情のためだけに、セーラとの婚約を解消する。
サリー
男爵家出身だが、マクシミリアンと恋に落ち、王太子妃となる。リリアナの母。

プロローグ　愛を選んだ王太子

貴族の義務である王立学園を卒業してすぐ、私はそれまでの政略による婚約を解消した。

話を終えた後、元婚約者となったその令嬢は「承知いたしました」と、静かに答える。

そこに、怒りも憎しみもない。

始終、アルカイックスマイルであった。

彼女は静かに立ち上がり「王家の今後のご活躍をお祈りいたしております」と言う。更に、「マクシミリアン王太子殿下、どうぞ愛する方と末永くお幸せに」と見事なカーテシーを披露した。

そして、一度も振り返らず静かに退場する。

その姿に、私は思わず見惚《みと》れてしまった。

最後のあの微笑《ほほえ》みは、どこまでも美しかった。

私の婚約者であった、セーラ・オルヴィス侯爵令嬢。

彼女から言われたその言葉が何年も自分の心に影を落とすようになるとは、その時は思いもしなかった。

——未来の国王としての活躍。

――愛する女性との幸せ。
幸せになれる、と考えていた。
それが、「幸せになれるのだろうか？」と疑問に変わるのに、時間は掛からなかった。
己《おのれ》の幸せよりも国と民の幸せを優先するのが王族だ。
更に王として即位したならば、国を第一に考えなければならない。
なのに、恋人を愛し、彼女と生涯を共にしたいと願った。
あらゆる障害を乗り越えて結婚した愛しい妻。
彼女と支え合い、困難を乗り越えていこう、と。
愛が全てを凌駕《りょうが》する。
私は本気でそう信じていた。

第一章　愛の代償

国のために選ばれた最良の女性、セーラ・オルヴィスとの婚約を私——ティレーヌ王国の王太子マクシミリアン・ティレーヌが解消し、恋人と結婚してからさほど経たない内に、王太子の妻の妃教育が問題になった。

今まで受けたことのない厳しい教育に涙する妻、サリー。

彼女は元々、男爵令嬢であった。そのため、王太子妃に相応《ふさわ》しい教養は殆《ほとん》ど身につけていなかったのだ。

一向に先に進まない妃教育。

まずそれをどうにかしろと、学生時代から行っていた、私の外交公務がなくなる。

公務は国内のみ。

加えて「妻の公務禁止令」が出される。

これには流石《さすが》に不安になり、抗議をした。

ところが、妃教育はおろか、基本的なマナーがなっていない妃を表に出すわけにはいかないと言われ、何も言い返せなくなる。

サリーは高位貴族から毛嫌いされている王太子妃。

そして、私は高位貴族からの信頼が失墜《しっつい》している王太子だ。

――政略を理解していない王太子夫妻。

そんな周囲の評判に、妻は泣く。

毎晩、泣きつかれた私はうんざりしてきた。

だがもっと悪いことに、泣いてもどうにもならないと分かると、サリーは癇癪《かんしゃく》を起こすようになる。

おかげで、情緒不安定な妃を隔離すべきだという声が上がった。

その状況での懐妊《かいにん》。

精神が安定し始めた妻に、私は安堵《あんど》した。

世継ぎを産めば、妻に対する周りの目も少しは柔らかくなるだろう。

そう思ったのに……


妻が子供を産んだ。

可愛らしい女児――王女だ。

王位継承権は持たないが、とにかく王太子の子だった。

私は娘にリリアナと名付ける。

リリアナはサリーに似ていて、成長するにつれて愛らしさが際立つようになった。

サリーは娘を溺愛《できあい》した。王太子妃としての全ての義務を放棄し、夫と娘だけを愛するようになる。

彼女は王太子妃の責務を理解できないのだ。

これが元婚約者のセーラであったならば、王太子妃としての仕事も、王族の妻としての役割も、王女の母としての務めも、全てを立派にこなしていただろう。

そう考えてしまう自分に嫌気《いやけ》がさす。

――あれから十年。

セーラは公爵夫人となり、「賢母良妻」として国内外で評判が高い。

子供も二人、産んだ。

彼女と結婚していたら、今頃、私の生活はどうなっていたのだろう。

そんな詮《せん》ないことを考えるのは、失ったものが大きすぎるからだろうか。

愛は全てを救う。

だが、愛だけではどうにもならないことがある。

政略結婚よりも愛を選んだ、その結果……？


〈侍女長の話〉


「これは一体……どういうことなの!?」

王太子妃の王族らしからぬ下品極まりない大声が、庭に響き渡った。

王家が誇る庭園に相応《ふさわ》しくない雑音を発するのは、見た目は可憐《かれん》な王太子妃、サリー殿下。彼女は男爵令嬢から王太子妃に成り上がった人だ。

究極の下剋上《げこくじょう》をしたこの女性は、自分にそっくりな王女の手を宝物を扱うように優しく引き、期待に満《み》ち溢《あふ》れた顔でお茶会に姿を見せた。

その直後に、先程《さきほど》の絶叫。

途端に会場の空気が悪くなる。

「何故《なぜ》!?　どうして高位貴族の子息が誰も参加していないの!!」

王太子妃が困惑するのは無理もない。王女のお披露目《ひろめ》と言ってもいい、初のお茶会にミソをつけられたのだ。

彼女は高位貴族から下位貴族にまで、幅広く今日のお茶会の招待状を送りつけていた。特に王女と年の近い子息がいる高位貴族の家には、王太子妃自ら筆を取って。

つまり、これはお見合いなのだ。招待客に貴族令嬢が少ないのはそれが理由。

となれば、会場では子息達とその母親、そして引き立て役となる、少数の貴族令嬢とその母親がお喋《しゃべ》りに花を咲かせているはず……

ところが実際は、王太子妃が思っていたものとは大きく違う。参加者の人数こそ多いものの、いるのは下位貴族のみ。

「王太子妃様、お尋ねの方々からは欠席のご連絡を頂いております」

「なんですって！　いつ!?」

「五日前にはどの方からも、丁寧な謝罪の手紙が届いていました」

「そんなこと、知らないわよ⁉」

「王女様主催のお茶会ですから、リリアナ殿下宛てに届いておりましたでしょう」

「どうしてリリアナに送るの⁉　普通は親である私に送るものでしょう！」

「いいえ、王家主催ではなく王女様主催となさっているので、リリアナ殿下に返事を出すのがマナーでございます」

「そ、それでも普通は母親が確認するものよ！」

「はい。確かに、ご令嬢がその都度、母君に報告をし、確認してもらうのが普通でございます」

「なっ⁉　侍女の分際で私に意見するのね！」

「意見ではなく、常識をお知らせしたまででございます」

「もういいわ！」

怒った王太子妃は踵《きびす》を返し、会場から立ち去った。勿論《もちろん》、手を繋いでいた王女も一緒に……

主役のいないお茶会。

王太子妃と王女を待っていた子供とその母親達が、どうすればいいのか分からずにざわめき始める。

前代未聞《ぜんだいみもん》の事態だ。茶会を始めようにも始められない。

かといって勝手に帰ることもできないのだ。

これが我が国の王太子妃の振る舞いとは、嘆《なげ》かわしい。

侍従から詳細を聞きつけた王太子が現れるまでの数分間、会場に集められた下位貴族達は失笑こそ我慢しつつも、内心では呆《あき》れ果《は》てているのを隠しもしていなかった。

□□□

自ら開いたお茶会をサリーが放置したと侍従から報告を受けた私は、その場を急いで収めた。その後、彼女を捜す。

「サリー！　いい加減にしてくれ！　茶会を催《もよお》したいと言ったのは君だ。なのに客を放り出してどうするんだ！」

「だって……こんな……酷《ひど》いじゃない。招待したのに来てくれないなんて……」

「茶会に出席する、しないは、各家が決めることだ。欠席理由もちゃんと返事に書いてあったんだろう？」

「ええ、さっき確認したわ！　どれもこれも当《あ》たり障《さわ》りのない理由！　あんなので納得するわけがないでしょう！」

「何が不満なんだ？　どれも正当な理由だったんじゃないのか？」

「正当!?　領地に行くからとか、その日は誕生パーティーだとか、家の祝いの日だとか、なんなの？　こんなに重なるのはおかしいじゃない。陰であの公爵夫人と示し合わせたんだわ。皆で茶会に出ないようにしたのよ。私とリリアナをバカにして笑っているんだわ！」

「セーラはしないさ……そんな愚《おろ》かなことは」

「どうしてあの女を庇《かば》うの！　まるで私だから、そういう愚《おろ》かな真似をしたとでも言いたそうね！」

「そうじゃない‼」

「じゃあ何⁉　なんだというの！」

「『ティレーヌ王国の薔薇《ばら》』と称《たた》えられるセーラ・コードウェル公爵夫人を慕《した》う女性は多い、ということだ。彼女に憧《あこが》れている令嬢は数多《あまた》いる」

「だから何⁉」

「そんな彼女を侮辱《ぶじょく》した私達を、殆《ほとん》どの高位貴族は嫌悪しているんだ」

「〜〜〜〜〜〜っ……」

妻のサリーは目に涙をためて睨《にら》みつけてくる。まるで子供のような態度に溜息《ためいき》が出た。

——私と妻、そしてセーラ・コードウェル公爵夫人の確執《かくしつ》は学生時代から始まっている。

いや、確執《かくしつ》というのは少し違うな。妻のサリーがセーラに対して一方的にライバル心を抱いているにすぎない。

喚《わめ》き続《つづ》ける妻の存在を無視するように、私はこうなってしまった経緯を思い返した。

私達三人は同じ年齢で、同時期に王立学園に通っていた。

現在、コードウェル公爵の妻になっているセーラは元々、私の婚約者だ。

彼女は侯爵家の令嬢なので、それは幼い頃からの契約だった。高名な外交官である侯爵夫妻の幅広い人脈を取り込みたいという、王家の狙いがあったらしい。

私とセーラの相性は決して悪くなかった。お互いに読書好きでクラシックな音楽を好み、諸外国の文化に興味を持っていたため、話が合ったのだ。

しかし、私は王立学園で一人の少女と恋に落ちる。

サリー・ビット男爵令嬢――つまり、今の妻と恋仲になり、私はセーラとの婚約を解消した。

その流れは、こうだ。

『――父上、結婚したい女性がいます。学園で出会ったサリーという名の男爵令嬢です。彼女を私の妻にして、セーラとの婚約を解消したいと考えています。けれど、男爵家出身の女性を妃にはできません。サリーをどこかの侯爵家の養女にしなければならないでしょう。いい家はありませんか?』

恋に浮かれ切っていた当時の私は、父が怒りを抑えているとも知らずに、自分の正直な気持ちに従って行動していた。

驕《おご》っていたのだろう。

王家の唯《ただ》一人の子供であり、王太子であることに。

両親、特に王妃である母に溺愛《できあい》されていた私は、この国で自分の思い通りにならないことなどありはしないと……本気でそう考えていたのだ。

だから、父の忠告の意味に気付かなかった。

『マクシミリアン、そなたは以前、言っていたな。将来、賢王として名を馳《は》せたい、国民が自慢できる君主になりたい、と。いい君主というのは、自身をコントロールしてむやみに本心を晒《さら》しはせん。怒りも悲しみも全て己《おのれ》の心一つに呑み込んで、国と民に奉仕するものだ。そこに個人の気持ちは必要ない。そなたが本当に国王として即位したいのなら、この先に起こることをしっかりと見すえることだ。そして、その対応を己《おのれ》で考えるといい。どうしてそうなったのか。これからどう行動すればよいのか。じっくりと検討しなければならない。もっとも、考えた末に出したその結論が最善とは限らんがな』

そんな父の不吉な言葉は、今や現実となり始めている。

簡単に進むだろうと考えていたことが、全てうまくいかない。

まず、サリーの養子先がなかった。

『何故《なぜ》だ？　王太子妃の実家になれるのだ、王妃の一族として力を持つチャンスではないか？』

元々、力のあった三大公爵家だけならともかく、権力を欲しているであろう侯爵家全てからも断られる。

仕方なく伯爵家に声をかけたが――

『王妃になれる資格を有するのは、侯爵家以上の家柄の令嬢と王室規定に記載されております。先代の時代までなら「側妃制度」がございましたので、側妃として娘を後宮入りさせる下位貴族もいましたが、今は時代が違いますからな。まことに残念です』

この時、私は気付くべきだったのだ。

高位貴族の私達を見る目の冷めたさを。

そして、これ以上ないほど、セーラの実家であるオルヴィス侯爵家を怒らせていることを。

オルヴィス侯爵家は私の不貞を原因とする婚約解消の対価として、慰謝料を請求した。浮気相手として、サリーにも。

当時の驕《おご》っていた私は、その行動を不敬だと感じた。そんなものは突っぱねてしまえばいい……

だが、そうはいかなかった。

国王である父がその請求に応じたのだ。

『婚約を解消する前に、浮気相手との結婚を前に進めようと、そなたはあからさまに動いていたんだ。今更、「違います」とは言えん。裏工作しようにも、そなたも相手も隠しもせずに堂々としていたからな、侯爵家は証拠を山のように持っているだろう』

そんな父の言葉通り、オルヴィス侯爵家は王家相手に一歩も引かなかった。

『王族に対して不敬すぎます！　不敬罪で捕えましょう！』

『そなたが婚約者に筋を通していれば、なんの問題もなかったことだ。大体、不敬罪というのなら、そなたの相手と取り巻き連中こそ侮辱罪《ぶじょくざい》で牢屋行きだ。侯爵令嬢相手に随分《ずいぶん》な言動を繰り返していたそうじゃないか』

『学園でのことです！』

『ほぉ？』

『平等と自主性を重んじる学園内での発言は「侮辱《ぶじょく》」にはなりません！』

私達が通っていた王立学園は、自主・自立・平等を理念として謳《うた》っている。つまり、身分による扱いの差はない。

だが、それが誰かを侮辱《ぶじょく》していいということではないのは、当然だ。今ならそれが分かるのに。

本当に愚《おろ》かとしか言いようがない。

学園の素晴らしい校風を台なしにしたのは私達だ。

『学園内においては、身分の隔《へだ》たりなく、全ての学生が平等であるという理念で、皆、生活をしています。その理念を蔑《ないがし》ろにする行為こそ恥ずべきものです』

当時の王立学園では、貴賤《きせん》を問わずどんな出自の生徒も机を並べて学業に励《はげ》んでいた。国内のみならず、国外からも生徒を集め、広く門戸を開いていたのだ。

多様な国籍、あらゆる階級の子供達が集まって切磋琢磨《せっさたくま》する。学問だけではない。一芸に秀でた者達も多くいた。スポーツが得意な生徒、音楽の才能がある生徒、武術に長《た》けた生徒。

それが王立学園の基本的理念であったから。

その中で、私も多くの友人に恵まれた。

王妃である母は私がそんな学園に通うのを最後まで反対していたが、それを押し切って入学した甲斐《かい》はあったというものだ。

思えば、王宮では得られなかった新鮮な日々に、私は浮かれすぎていたのかもしれない。

そのせいで、セーラの態度を、学園の理念を蔑《ないがし》ろにして身分を笠に着た、罰するべきものなのだと断じてしまう。

『マクシミリアン、何か勘違いしておらぬか？』

父は私の言葉に呆《あき》れていた。

『勘違いなど、しておりません！』

『では何故《なぜ》、そのような愚《おろ》かなことを言うのだ？　確かに王立学園では「学生同士は平等」だ。身分で人を差別する行為は、学園の規則でも厳罰に処すとある』

『なら！』

『しかし、それは身分の低い者が身分の高い者を寄ってたかって辱《はずかし》めていいというものではない。そなたと友人達は、侯爵令嬢であるという一点だけでセーラ嬢を責め立てていたそうではないか』

『それは——』

『ああ、そなた達の独善的な正義感の話はどうでもいい。セーラ嬢もオルヴィス侯爵家も、学生間での出来事だからと、広い心で不問にしてくれていた。それをいいことに、学園の理念をはき違えた者達がここまで学園の理想を歪《ゆが》めるとはな……』

『は……はき違えた……？』

『まぁ、セーラ嬢は穏便《おんびん》に済ませようとしていたが、学園がそうは考えなかったようだ。卒業を待って、各家に処分勧告を通達している』

『なっ⁉』

『何を驚くことがある。高位貴族を中傷した者は貴族社会では生きていけない。もう王太子の後ろ盾がある状態でもないしな。子の行動は家に返るのが世の常だ。学園におかしな逆恨みをするでないぞ。卒業生の今後を思いやってのことなのだから。勧告文を受け取った家の中には、該当者を跡取りから外したところもある。領地に蟄居閉門《ちっきょへいもん》した家もあれば、家督相続を永久放棄させた家もあるそうだ』

『え……？』

『格上の家から正式に訴えられる前に処罰したのだろう。そのほうが傷が浅く済む。彼らが中傷していたのはセーラ嬢だけではないからな。運悪く、高位貴族から侮辱《ぶじょく》的な態度を訴えられた家はどうなったと思う？　一族もろとも、牢屋に入れられたと聞くぞ。その中に、ソル男爵の子息がいるが、彼は「自分は王太子殿下の親友だ。こんなことをしてタダで済むと思っているのか」と言っていたそうだ。心当たりはあるか？』

『……学園では幅広い人間と交流していましたから……』

『記憶にないか？』

『……はい』

『虎《とら》の威《い》を借りる狐《きつね》といった輩《やから》だろう。そういう人間がいるので注意するように教えていたはずが……無駄だったか』

『申し訳ありません』

『今回の件を見逃してもらい借りができた家門は、相手の高位貴族に頭が上がらなくなっている』

父に返す言葉が見つからない。

後から知ったことだが、私が友人だときちんと認識していた何人かも牢屋に入れられていた。多額の賠償《ばいしょう》と謝罪により、どうにか処分を免《まぬが》れたようだが。

私はそんなことも知らなかった。サリーとの結婚に頭がいっぱいで、彼らがどうしているかなど、気にかけたこともなかったのだ。

『ショックを受けているようだが、そなたも他人事ではないぞ』

『はっ⁉』

『オルヴィス侯爵家から慰謝料を請求されているだろう』

そうだった。

『なしにはできんぞ』

『何故《なぜ》です⁉』

『当たり前だろう。セーラ嬢にはなんの落ち度もない。そなたの勝手極まりない理由で婚約が解消されるのだ』

確かに、私への請求は仕方ない。

だがせめて、サリーの慰謝料だけは免除してもらうために話し合いの場を持とうとしたが、こちらも父から待ったがかかる。

『恥の上塗りをするな』

そう強い口調で言われた。

後日——

多額の慰謝料は王太子領を手放して払うことで話がまとまる。

サリーの慰謝料も私が肩代わりした。『貧乏な男爵家では支払えません』と恋人に泣きつかれたのだから、仕方がない。

その上、〝爵位〟に関する決まりの変更まで要求された。

我が国では、女性は爵位を継承できない。だが、セーラに渡す慰謝料の中に爵位が含まれていた。法律を変えてでも〝爵位の授与〟を要求されたのだ。

『何故《なぜ》そこまでするのですか？　過剰です』

たかが婚約解消の慰謝料に、法律の改正が必要だろうか？

その説明は父から受けた。

『そなたのことだから、たかが婚約解消に大袈裟《おおげさ》だと思っているんだろう。だがな、セーラ嬢は妃教育を早々に修了して公務にも参加していた。半年前に結納式も終えている。……ああ、何も言うな。そなたは急な用事とやらで参加していなかったからな、覚えていないのも無理はない。なんにせよ、結納と婚姻契約の最終確認が済んでいるのだ。通常の婚約解消とはわけが違う。準婚姻――実質的な夫婦として神殿に認められている。それを取りやめたのは、離縁同然の行為だ』

『それは……』

『マクシミリアン、そなたは過剰と言うが、八年間、セーラ嬢は王太子の婚約者であった。諸外国にも彼女が次の王妃だと知れわたっている。歴代の中で最も優秀な王妃になるだろうと評判だったのだ。彼女が将来の王妃になるのであればと、条約の締結に応じた国もあるくらいだ。その彼女を廃して別の女性を妃にするというのは、その信頼にも傷がつくということだろう。王家だけならまだしも、国そのものが信頼されなくなるんだ。彼女と彼女の家との関係を王家が蔑《ないがし》ろにしていないことを、国内外に示さねばならない』

納得はできない。

それでも、無理やり納得するしかなかった。

セーラは王太子妃になる代わりとして〝特別伯爵位〟を授与される。

私の王太子領を領地にして――

こうしてしばらくの間、社交界は王太子と侯爵令嬢の婚約解消が話題に……はならなかった。

高位の貴族達はこうなることを予見していたかのように静かだったのだ。

騒いだのは下位貴族だけ。

高位貴族が幅を利かせている社交界で、セーラの話題は出ない。

一方、下位貴族だけが集まる夜会やパーティー、茶会では、セーラに対する攻撃的な噂《うわさ》が広められた。

『侯爵令嬢のくせに格下の男爵令嬢に負けた』

『優秀だということは認めるよ。でも女があんまり優秀だと男は萎《な》えるよな』

『可哀想なセーラ様。あんなに美しいのに婚約者から捨てられるなんて』

『仕方ないわ。セーラ様よりもサリー嬢のほうが魅力的ですもの』

『ああ、確かに。サリー嬢の豊満な肢体は垂涎《すいぜん》の的《まと》だ』

『嫌だわ、お口の悪いこと』

『な~に。セーラ嬢が〝婚約者を寝取られた令嬢〟だってのは本当のことだろう。オルヴィス侯爵家だって否定できない真実さ』

そんな下世話な会話が飛び交ったそうだ。

子爵以下の貴族が侯爵令嬢を軽んじる。

その実態を目にした時、私は愕然《がくぜん》とした。

父上の言葉が脳裏をよぎる。

彼らはまだ学生気分が抜けないのか？　学園を卒業した以上、自分達を守ってくれる者が誰もいないことを、分かっていない。

高位貴族から睨《にら》まれれば、どんな家門でもその当事者を切り捨てる。今も牢に入れられている者すらいるんだ。

彼らはここまで愚《おろ》かだったのか？

危機感がないにも程《ほど》があった。

学園の外なので、あの理念を持ち出すこともできない。

まさか、私がいるからか？　私が自分達を守ると思っているのか？　そんなバカな！

元々、国内外で評判が高かったセーラは、今でも夜会や茶会に悠然として参加している。実家は王国有数の名門貴族で、資産家。父親は国の重鎮《じゅうちん》でもあるのだ。

当然、彼女にはすぐに婚約者ができた。王国一の広大な土地を持つ公爵。

彼の持つ豊かな領土は王国の貯蔵庫とも呼ばれ、貿易も盛んだ。彼は国内一の金持ちでもある。

名門同士の婚約を高位貴族は挙《こぞ》って祝福していた。

そんな空気感の格差に私は茫然《ぼうぜん》とした。

それでもまだ、この時まではよかったのだ。

身分の差を超えた恋愛ということで、私達の結婚は国民と下位貴族の友人達には祝福された。

そこが幸せの絶頂だったのかもしれない。

この後は、問題しか起こらなかった。

王家に嫁《とつ》ぐには、サリーは何もかもが足りなかったのだ。

家柄、血筋、礼儀作法、常識。

下位貴族ならば問題にならないことでも、王族には必須である。

彼女は食事一つ満足にこなせない。ナイフとフォークを持てば、ガチャガチャと煩《うるさ》い音を出す。

姿勢も悪く、すぐに猫背になる。

立ち姿もなっていない。

セーラなら立っているだけで絵になるというのに……

王立学園は高位貴族より下位貴族のほうが圧倒的に多い。だから、サリーの欠点が見えにくかったのだろう。

いや違う。

欠点を逆に可愛らしいと感じていたのだ。

学生時代はそれでいい。二人の間にあるのは、恋人同士という甘い関係だけなのだから。

だが結婚すれば、公《おおやけ》の立場に見合ったものが求められる。

当然、妃教育はもっとままならない。数人の教育係をつけたのに、全く身につかなかった。

元々、勉強嫌いで成績が下位だったサリーは教育係達に反発した。

ここにきて、私は漸《ようや》く悟る。

サリーに王妃は無理だ。

王妃どころか、王太子妃としても落第点だった。

だが既《すで》に、サリーとの婚約は国内外に周知されている。なかったことにはできない。

できることは――

『側妃を持とうと思う』

もうそれ以外に方法がない。

サリーは〝王妃〟という名の愛妾《あいしょう》にして、実質の王妃は〝側妃〟に担《にな》ってもらう。側妃に王妃の権限を与え、公務の一切にサリーが口出しできないようにすればなんとかなるだろう。場合によっては、公式行事にも〝病気のため不参加〟でいけばいい。

サリーが大勢の前で恥をかかなくて済むし、私も仕事を任せられる人間を横に置けて安心できる。

サリーはすねるかもしれないが、彼女には世継ぎを産むという別の仕事を集中的に頑張ってもらえばいいのだ。

私は一人っ子で、他に兄弟がいない。王家の今後を思えば、子供は五人から六人は欲しいところだ。

私はそれを侍従に提案してみた。

ところが――

『――マクシミリアン殿下、我が国は一夫一妻制です。王太子殿下といえども側妃を持つことは許されません』

『以前は側妃制度があったはずだ。もう一度、復活すればいいだけのことではないか！何も問題ない。サリーの出来の悪さは既《すで》に周知のこと。父も理解してくれる。』

『殿下、国王陛下にそれをお伝えしたのですか？』

『いや、まだだが』

『王妃陛下にも、ですか？』

『母上は私の結婚後、体調が悪く別邸で療養なさっておいでだ。手紙でお知らせしようと思っている』

『……でしたら、お伝えしないほうが宜《よろ》しいでしょう』

『なっ⁉　何故《なぜ》だ！』

『国王陛下よりも王妃陛下が反対なさるからです』

『だが、サリーに王妃は無理だ！』

『そのサリー妃を選んだのは殿下でございます』

『それはそうだが……』

『下位貴族出身の者を王太子妃にすることに、皆が反対でした。それを殿下がどうしてもと仰《おっしゃ》って無理を通されたのです。今になって「サリー妃は王太子妃に相応《ふさわ》しくない」と仰《おっしゃ》られても困ります』

幼い頃から仕えてくれた彼の言葉が痛い。

だが他にどうしろというのだ。

まさか、サリーがここまで何もできないとは思わなかったんだ。

結局、側妃制度の復活は無理だった。

それには私の両親が関係している。

私の母は、隣国のチェスター王国の王女だ。王の末の子供であった彼女は、それはもう大切に育てられた。両親だけでなく兄弟からも愛され、嫁《とつ》ぎ先《さき》は近場の周辺国を、と考えられていたほどに。

ところが、その母が突然、父に恋をした。

度重なる自然災害で困窮《こんきゅう》し支援を頼みにきたティレーヌ王国の使節団の中に、王太子であった父がいたのだ。

『ティレーヌ王国の王太子に嫁《とつ》ぎたい』

母はチェスター国王に懇願《こんがん》する。

当時、チェスター王国の国力は絶大であった。彼らにしてみれば、溺愛《できあい》する王女が隣国の王妃になるのは喜ばしいことだ。

そこで支援の条件として、末の王女との結婚を押し付ける。父には婚約者がいたのに、その婚約を解消させたと聞く。

母は父を深く愛している。

それは息子の私もよく知っていた。

だが、まさか……夫を愛するあまり、側妃制度の永久廃止を議会で承認させていたとは思わなかった。しかも、強国、聖ミカエル帝国の力まで借りて。

おかげで側妃制度を復活させるには、ティレーヌ王国とチェスター王国だけでなく、聖ミカエル帝国の承認まで必要となる。これはおそらく、チェスター王国の策謀だろう。

聖ミカエル帝国は一夫一妻制。愛人の存在もタブーとする、婚姻関係に厳しい国だ。

私が書簡を送れば、激怒して貿易の即時停止を要求するのは目に見えていた。そうなった場合、我が国はたちまち立ちゆかなくなるし、国際的に孤立する羽目《はめ》に陥《おちい》りかねない。

結局、男爵令嬢としての教養しか身につけていないサリーに、早急に高度な教養を施《ほどこ》す他に方法がなかった。

私は選《よ》りすぐりの教育係達に促《うなが》す。

『王太子妃の教育に全力で取り組んでほしい』

『畏《かしこ》まりました。全力であたらせていただきます。ですが、その前にこちらにサインを頂けますでしょうか？』

目の前に差し出された一枚の紙——念書だ。

『なんだ、コレは？』

『念書でございます』

『それは見れば分かる。私が言いたいのは、何故《なぜ》このようなものが必要なのかということだ』

『マクシミリアン殿下は仰《おっしゃ》いました。「たとえ何年かかろうと構わない。王太子妃を見捨てないでやってほしい。だが君達にもそれぞれの家庭があり、事情も異なっている。病気や怪我で王宮に来られない場合もあるだろう。その時はすぐに報告してくれ。教育係から外そう。その場合、妃教育がどの程度の進捗《しんちょく》であっても君達を咎《とが》めはしない」と』

私自身が彼らに言った言葉だ。一言一句間違いない。

『確かに言ったな』

『殿下、我々は口約束ほど信用できないものはないと考えております』

『私が約束を違《たが》えると？　君達を罰するとでも言うのか？』

『そのようには思っておりません。ですが、サリー妃の考えは違うかもしれませんよ』

『サリーが君達に何かするとでも言うのか？』

バカバカしい。サリーが彼らに何をすると言うんだ？

『殿下がサリー妃に信を置かれていらっしゃるなら、念書にサインをしても問題ないのではありませんか？　それとも、やはり卑《いや》しい男爵家出身の妃は信用ならないのですか？』

『そんなわけないだろう』

私に念書まで書かせるとは。この連中は煽《あお》るのがうまいな。何故《なぜ》、教育係などやっているのか、交渉人のほうが向いていそうだ。

こうして私は、妃教育を施《ほどこ》す条件を受け入れた。

だが、サリーの妃教育はやはり困難を極める。

まず、何度注意をされても、彼女は音を立てずに食事ができない。

『サリー妃、食事中に音を立ててはなりません』

『音？　なんのこと？』

『先程《さきほど》から、騒がしく食器をぶつけながら食事をしていらっしゃいます』

『こんなのは音のうちに入らないわ』

『……サリー妃は王太子妃です。男爵令嬢であった頃ならまだしも〝妃殿下〟には高度なマナーを求められるのです。音を立てて食事をなさるなど、論外でございます』

『ワザとではないのに酷《ひど》いわ』

『ならば、直す努力をなさいませ。この程度のこと、妃殿下でなくとも高位貴族の令嬢ならば誰しもが幼少期に修得しているものです』

『私は男爵家の娘よ。そんな高度なマナーを身につけているわけないでしょう！』

『ですから、それを今、身につけていただきたいのです』

『食事が楽しくないわ』

『楽しめるようになるまで、訓練を続けていただきます』

隣室から聞こえてくるサリーと教育係の言葉の応酬に溜息《ためいき》が出る。

教育係達に発破《はっぱ》をかけた手前、サリーの味方をしてやれない。

あの念書にサインして以降、サリーは別室で食事を取っていた。

正しい食事のマナーが身につくまでは王族と同じ場所で食事をしてはならない、という契約内容だから致し方ない。

その他にも――

『サリー妃、挨拶《あいさつ》だけをすればいいというわけではありません』

『でも帝国語なんて喋《しゃべ》れないわ』

『今、勉強していますから、いずれは話せるようになります』

『それっていつになるの？』

『……サリー妃の頑張り次第です』

集中力が散漫になるサリーのために、教育は完全マンツーマンで行われた。

加えて、サリーの横には常に監視役の侍女がいる。

それというのも、サリーはよく居眠りをするのだ。コクリコクリと首がふらつき、眠りそうになるのを注意するのに、教育係だけでは足りないらしい。

『――北方に位置する聖ミカエル帝国は、来年、建国千年という節目の年を迎えます』

『千年……長いのね。そんなに長い国、他にないんじゃない？』

『サリー妃、我が国も八百年の歴史を持っております』

『なっ⁉　で、でも二百年も差があるじゃない！』

学園で習ったはずのことすら覚えていない彼女に、教育係はもはや呆《あき》れを通り越していた。傍《そば》にいる侍女も絶句している。

サリーは自国の歴史にも詳しくない。

『我が国は四方を山に囲まれております。そのため国自体が難攻不落と言われ――』

『ねぇ』

『なんでしょう、サリー妃』

『山に囲まれているって何？　うちの国には海があるでしょう。海から敵が来たらどうするのよ？』

『はっ!?　海？』

『そうよ！　東にあるでしょう、死海とか言ってたわ』

『……それは〝ヨル湖〟です。海ではなく〝湖〟です』

『そんなはずないわ！　地元の者達は「死海」と言っていたし、しょっぱかったもの！　海はしょっぱいものでしょう？』

『元海ですから、塩辛いのです』

『ほら！　やっぱり海なんじゃない！』

『元は海でしたが、周囲の土地が隆起して湖となったのです』

『どっちでも一緒でしょう？』

『いいえ、違います』

そんなふうだったそうだ。

この頃になると、王宮の者達が私と接する時は、必ず気まずそうな表情をするようになる。

サリーの出来の悪さが王宮中に知れわたっていたのだ。

彼女のいないところでは、皆が噂《うわさ》した。

『男爵令嬢だったんだろう？』

『ああ。下位貴族としての教育は受けているはずだ』

『受けてあの程度か？』

『マナーは下位貴族ならあの程度だろう』

『問題はマナーよりも他のことだ』

『歴史もダメ。外国語もダメ。なら、何ができるんだ？』

『王立学園に通っていたんだろう？　そこで学ばなかったのか？』

『王立学園の授業は選択制、入学前に既《すで》に修了している科目は取らないのが基本だ』

『あの王太子妃は明らかに習得できていないだろう』

『苦手な分野を悉《ことごと》く選択しなかったのだろうな。下位貴族には結構そういうのがいるぞ？』

『適当な地位の人間ならそれでもいいかもしれないが……王太子妃だぞ？　あれじゃあ、国の恥だ』

『学園に通う前は男爵が家庭教師をつけていたと聞いたが……』

『怪しいな。サリー妃のレベルに合わせていたのか、もしくは学んだことにしていたか、だ』

『あの進み具合じゃあ、何年かかるんだ？　十年かけても終わらないだろう』

『教育係が気の毒すぎる。優秀なメンバーばかりなのに……』

『マクシミリアン殿下も酷なことをなさる』

広まる噂《うわさ》に、私は反論できなかった。

王太子妃が妃教育を修了するのと教育係の血管が切れて倒れるのと、どちらが早いか賭ける者まで出る。

だが、彼らの賭けは無効となった。

それというのも、教育係達が解雇《かいこ》されたからだ。

その知らせを受け、私は開いた口が塞《ふさ》がらなかった。

全員が『お世話になりました』と挨拶《あいさつ》に来る。

『お世話になりました』が『世話をしてやった』と聞こえたのは、気のせいではなかっただろう。

受け入れ難い事態に、どうしてそうなったのか、教育係達から理由を聞く。

『サリー妃から解雇《かいこ》されました』

全員がそう答える。

待て。待ってくれ。何故《なぜ》、そこでサリーが出てくるんだ？

『サリーにそんな権限はない』

『お言葉ですがマクシミリアン殿下、念書に書かれております。無効にはできません』

『なんだと⁉』

『サリー妃曰《いわ》く、「生まれた身分によってできないことを責めるなんて、酷《ひど》い。高位貴族の令嬢だったなら先生達のようにマナーも勉強もできたけれど、私は男爵令嬢なのよ。できなくて当たり前でしょう。それを、さも私が悪いみたいに言われるのは我慢できない。貴方達のような教師はいらないわ」とのことです』

どこから突っ込めばいいのか分からなかった。

サリーが言ったという内容は、一言一句間違っていないのだろう。

『私達は全員が高位貴族というわけではありません』

ある教育係が続ける。

そうだな。教育者になる者の出自は幅広い。

『現に私の爵位は男爵にすぎません。努力して王族を始めとする高位貴族の教育を受け持つ立場になったのです。サリー妃の言葉は「下位貴族は高位貴族のレベルには決してなれない。努力するだけ無駄」と仰《おつしや》っているも同然です。それは私だけでなく、数多《あまた》の者への侮辱《ぶじょく》です』

『すまない。サリーは君の身分を知らないのだ』

『はい。ですが、私はキチンと身分を明かしました。自分はサリー妃の父と同じ男爵だと。すると今度は「男爵ですって？　私は王太子妃なのよ。どうして王太子妃の家庭教師が男爵なの！　あり得ないわ。貴方なんてクビよ。今すぐ出ていって」とのことでした』

『そ、それは……重ね重ね、すまない』

『サリー妃は家庭教師と教育係の区別もついていないご様子です』

『そうだな……』

なんてことだろう。サリーが罵《ののし》った彼の爵位は、確かに男爵だ。けれど、その家門の歴史は古い。建国当時からの貴族だった。

由緒ある男爵家出身の彼を高位貴族は高く評価している。領地だって伯爵クラスの大きさを誇り、代々の当主は優秀だ。過去に何度も陞爵《しょうしゃく》を打診されたが、その度に『我が一族はこの土地を守ることが王国に対する忠義と心得ております』と言って断っている。

彼はサリーの父親と〝同じ男爵〟と言ったが、同じわけがない。天と地ほどの差がある。……何故《なぜ》、彼女はそのことを知らないんだ？

『契約に従い、私どもは今日をもって辞めさせていただきます』

彼らは物凄《ものすご》くいい笑顔で、さっさと王宮を去る。

急いで念書を確認したところ、端に小さな文字で『王太子妃が解雇《かいこ》を要求した場合は速《すみ》やかに応じる』とあった。

『詐欺《さぎ》だろ……』

〈侍女長の話〉

最近、頭痛が酷《ひど》くなる一方だ。

王宮の侍女長を務めて早数年。まさかこんな事態になるなど、誰が予想できたのか。

頭痛の原因は一つ。

王太子妃の存在だった。

あの王太子妃は侍女をなんだと思っているのだ？　都合よく扱える奴隷だとでも？

教育係から出された宿題を侍女にやらせるのは、やめてください。

何故《なぜ》、王太子妃の代わりに侍女が刺繍《ししゅう》をしなければならないのか。それは侍女の仕事ではない。

なのに何度、諫《いさ》めても、彼女は理解しようとしなかった。

『私は王太子妃よ。私の侍女なんだから私の命令を聞くのは当然じゃない』

などと言う。

それは、当然のことではない。そもそも、王太子妃の専属侍女は実家から連れてくるのが習わし。

それを――

『男爵家の使用人なんて王宮に連れてこれないわ。だって平民よ？　平民が王太子妃の侍女になんてなれるわけないでしょう』

王太子妃は、そんなとんでもない理由で王宮に勤めていた者の中から侍女を選んだ。

王宮に勤める侍女の殆《ほとん》どが平民だ。かくいう私も、王太子妃がバカにする平民出身。

王太子妃は王宮に勤める者は全員が貴族だと思っているらしい。けれど、誰もあえて訂正はしなかった。

侍女を貴族だと思っていてもあの態度なのだ。これで平民だと知ったら、何をしでかすか分かったものではない。

私は王太子妃に自分達が平民であることを決して悟らせないように、と、侍女達に注意した。

こんな注意をしなきゃならないなど、世も末だ。

「セーラ様ならこのようなことはなかったでしょうに……」

目を閉じると、ありし日のセーラ様の姿が浮かんできた。

プラチナブロンドに青い目をした美しい侯爵令嬢。その高貴な美貌《びぼう》は一見冷たい印象を受けるが、彼女は気配り上手な方だ。どこかの王太子妃のようにムチャクチャな命令を出すことはない。王族は使用人をこき使うものという、おかしな認識も持っていなかった。

新人が失敗しても、『大丈夫よ。失敗は成功のもとと言いますもの。今の失敗を次に生かせれば、それでいいのよ』と笑って許す懐《ふところ》の深さ。

王宮の侍女に相応《ふさわ》しからぬ振る舞いをする者には自ら注意をし、どう対処すればいいのかを教え諭《さと》すこととすらしていた。

「はぁぁぁぁ……本当ならセーラ様を王太子妃として崇《あが》めていたはずでしたのに」

一日に何度も溜息《ためいき》をつく日々。

こんな日がずっと続くと思うと憂鬱《ゆううつ》になる。

マクシミリアン殿下にしても――

『サリーは王宮に慣れていない。温かく見守ってほしい』

これですもの。

もう後進を育てて早期退職すべきかもしれない。

私は悩みが尽きなかった。

「――マックスに言いつけるわよ！」

その日も王太子妃は王太子殿下の名前を出した。

それにしても、王太子殿下を「マックス」などと……

殿下を愛称で呼ぶ者は、母親である王妃様以外にいない。元婚約者のセーラ様でさえ愛称呼びはしなかった。

「私は元々男爵令嬢なのよ！　できないのは当り前でしょ！」

その上、二言目にはコレを言い放つからたまらない。

おかげで、王太子妃付きの侍女の配置替えが頻繁《ひんぱん》に起こっている。そのスパンが徐々に短くなってきているのも気のせいではない。

当然だ。王太子妃付きなんてやってられないもの。

ベテランの侍女まで匙《さじ》を投げるほどなんだから相当だ。

本当になんでこんなのが王太子妃なのだろう？　王太子殿下はこの女のどこがよくて結婚したのかしら？　謎でしかない。

やっぱり顔？　好みの顔だったから？

セーラ様とは違ったタイプの美少女なのは確かだ。それに、セーラ様にはない豊満な胸は男にとっては魅力的なのかも……

それともセーラ様を見すぎて、真逆の女を好きになったとか？

まぁ、貴族にとっては珍しいタイプであることは間違いない。周囲が洗練された女性ばかりだから、毛色の違う女がお気に召したのだろう。

私には理解できないけど。

王太子妃は平民からは人気だというが、それは本人をよく知らないからこそだ。身分を超えた愛のある結婚――そのフレーズに熱狂しているだけ。

王太子妃の本性を知ったらその熱も冷めるだろう。

教育係達が王宮を去った後、あの王太子妃は寝室に引きこもった。

「教師達が辞めていったのは私のせいじゃないわ！」

そう喚《わめ》いている。

この王太子妃は何を言っているの？　彼らを自分からクビにしておいて。

ちくりと嫌味を言うと、彼女は更に反論した。

「私に合わせない教師達が悪いんだわ！」

あんたに合わせていたら妃教育は死ぬまで終わらないでしょうよ！

そう思ったが、今度は口にしない。

心で王太子妃に毒づきながら、私は職務を全うし続けた。


〈大臣達の話〉

「どういうことだ？」

ある日。財務大臣である私を訪ねてきた王太子殿下は、開口一番にそう言った。

殿下の手にあるのは、今年一年の王太子の経費報告書だ。

どういうことも何も、見たままなのだが。

「何故《なぜ》、こんなにも支出額が多いんだ」

「それは当然です」

「なんだと!? そんなはずはない！ 私が無駄金を使っているとでも言うのか!?」

確かに、ある意味で無駄金だな。

「そうではありません。これは王太子夫妻、合わせての支出額なので、独身時代より数字が大きいのは当然だと言っているんです」

「はっ!? 私達夫婦の支出だ……と？」

「そうです」

「そんなバカな。妃と経費を共用するなど聞いたことがない。父上と母上も別々ではないか。何故《なぜ》、私達だけ一緒になるんだ。いや、一緒でもいいが、それなら何故《なぜ》、予算額が独身時代と同じなんだ？ 二人分なんだぞ？ 倍の予算になるはずではないか!?」

「倍にするのは無理です」

「何故《なぜ》だ!?」

こっちが何故《なぜ》かと聞きたい。

「何故《なぜ》と申されましても、王太子妃の持参金の問題です」

「どういうことだ？」

「サリー妃は歴代王太子妃の最低額の持参金で王家に参りました。あの程度の額では一ヶ月ともちません」

「だからなんだというんだ。金銭の問題ではないだろう？」

「金銭の問題です」

王太子殿下は何を言い出すんだ。まさか頭までイカレたか？

「そもそも王族の日常生活は基本、個人資産で賄《まかな》われています。公務や行事に関係する場合は国庫から予算が出ますが、それも必要経費以外の支出は禁じられています。マクシミリアン殿下の場合は、王太子領をオルヴィス侯爵令嬢の慰謝料に充《あ》てられました。そのため、個人収益を失っています。それを、王妃様がご自分の土地の一部を殿下へ譲渡なさって、現在、その土地収入で殿下の生活費を賄《まかな》っているんです」

「そ、そうだったのか……母上が。だが……そのような話は聞いていない……」

「王妃様が殿下にも男の面子《メンツ》があるだろうと仰《おっしゃ》いまして。内密に話を進ませていただきました」

王妃様としても自分の息子が甲斐性《かいしょう》なしと思われるのは恥辱だったに違いない。

もっとも、譲渡された土地収入だけで、いつまでもつかが問題だ。

「更に言いますと、本来なら王太子妃からの持参金が入り、それが王太子妃の生活のための費用になるのです。しかし生憎《あいにく》、サリー妃の持参金は微々たるもの。ましてや衣装や宝石類などは収益を生みません。歴代の妃方は実家から割譲された土地や家屋の収益を持参金としますが、それで賄《まかな》えなかった場合は『化粧料』という名目で、実家から援助金を貰《もら》っていましたよ」

「すまない。知らなかった」

「贅沢《ぜいたく》を好む妃ならば、実家が毎年『化粧料』を納めていたようです」

「そうだったのか……」

「まあ、このようなことは公《おおやけ》にはしませんから、殿下がご存じないのは仕方ありません」

とはいえ、大々的に公表していないだけで隠しているわけではない。ちょっと事情を知っている者からしたら、「この王太子、金どうすんだ？」と思って当然なのだ。

実際、高位貴族は即座に警戒を露《あら》わにしていた。

「若い王族のためだけに税金を上げるような真似をすれば、民からの信頼は失墜《しっつい》いたします。ですが、我々貴族も領内の税を上げる予定はありません」

そんなふうに牽制《けんせい》してくる。

要は、「アホな王太子夫妻にやる金はない」ということだ。

国王陛下も仰《おっしゃ》っていた。

『王太子夫妻のための予算を増やす必要はない。全て自分達が好き勝手に動いた結果だ。責任は本人達に取らせよ』

陛下は情愛深い方だが、シビアな面もお持ちだ。その点、親バカな王妃様とは正反対だった。

マクシミリアン殿下は陛下のたった一人の御子、可愛くないはずはないだろう。特に、これまではなんの問題もない、優秀な王太子だったのだ。

あんなに真面目な方だったというのに。恋をすると人は愚《おろ》かになるというのは、本当のことなのだな。


「――マクシミリアン殿下、それは無理でございます」

来月の予定に関する会議をしている場での王太子殿下の発言に、外務大臣である私は即座に反対した。

「何故《なぜ》だ？　外交に夫婦で出かけるのは常識だろう」

常識のない妃を娶《めと》ったせいです。

そう言いたいのを、心の中に収める。

あの王太子妃に外交などさせられるものか！

「サリー妃は何ヶ国の言語を習得していらっしゃいますか？」

「ま……まだ一つ目を習得中だが……」

「その一つ目とは帝国語ですか？」

「そうだ」

「他の言語はいかがですか？」

「そ、それはこれから……」

それでは遅い。通訳を介するとしても、外交にはある程度の語学力が必要なのだ。

「サリー妃は周辺諸国の歴史や文化をどこまでご存じですか？　政治事情は把握できていますか？」

「あ……」

私の言葉に、殿下は黙り込んだ。

王太子妃の出来の悪さは有名だった。何しろ、超一流の教育係達をあっという間に解雇《かいこ》してしまうほどの頭の悪さだ。

「隣国の王との謁見の場で、王太子妃が粗相《そそう》をしないという保証はありません。会見でトラブルを起こさないとも限りません」

「大臣！　それは王太子妃に対して無礼ではないか！」

「無礼は承知の上です」

「な……に……」

「我が国は六つの国と隣接しています。その内の二ケ国は我が国と同一言語ですが、他の四ケ国の言葉は全く系統が異なりますよね。その一つが帝国語、もう三つはまた独自の言語体系を持っているものです。幸い、大陸の覇者《はしゃ》たる『聖ミカエル帝国』の言語が共通語ですから、王太子妃は帝国語を習得していればとりあえずは及第点となります。そうでなければ要人達との会話に支障をきたします」

王太子殿下からは返事がない。

だんまりを決め込む気だろうか？

「ご理解いただけましたか？　国益を害する可能性がある以上、外遊先への王太子妃の同行を認めるわけには参りません。ちなみに、帝国語は高位貴族の子女の誰もが幼少期に習得するものです。

それどころか、日常会話程度ならば三ヶ国語は難なく話せる令嬢ばかりです」

外国の要人と接する機会の多い高位貴族は、家で教育が施《ほどこ》される。その点で、下位貴族との差が出るのは仕方がない。それでも必死に勉強すれば、学園にいる間に身につけられる。要は本人の努力次第だ。

何よりも――

「諸外国はセーラ様をとてもよく知っておりますからね。そのセーラ様を押しのけて王太子妃になった女性の程度を知れば、外交関係にヒビが入りかねません」

「サリーはサリーだ！　セーラと比べるとは酷《ひど》いではないか！」

それまで黙っていた殿下が急に食ってかかってきた。

愛する妻を悪く言われたと思ってのことだろうが、あの王太子妃の出来の悪さは国外でも話題になり始めている。セーラ様と比べること自体が烏滸《おこ》がましいというものだ。

「ご安心ください。比べるまでもなくセーラ様が優《すぐ》れていることは、皆が存じ上げております」

「なっ⁉」

何をそんなに驚かれるのか。セーラ様は「王妃になるべくして生まれた女性」とまで言われた人だ。彼女が王太子妃ならば、我が国は諸外国と深い信頼関係を結べただろう。

殿下、逃がした魚は大きいですよ。

「若く美しい女性は世の中に数多くいます。美しさだけで生きていけるのは娼婦だけですよ」

「大臣！　不敬罪だ！」

「おや？　何故《なぜ》です？」

「今、サリーを侮辱《ぶじょく》しただろう！」

「私は世間話をしただけです。決して『サリー妃が娼婦のようだ』とは申しておりません」

「〜〜〜っ……」

私の嫌味に、殿下は顔を真っ赤にした。

まだまだ若い。

いや、青いのか？

実際、殿下自身も無意識に同じようなことを思っていたのだろう。だから、怒った。

素直に認められないのは王太子妃に対する愛情か、それとも別の何か、か。

自分の苛立《いらだ》ちを殿下に多少返してみたものの、我が国のこの先を思うと、私の心は決して晴れなかった。


〈孤児院の院長の話〉


今代の王太子妃は男爵令嬢で、王太子殿下とは身分を超えて結ばれたと、私達庶民の間では人気だった。

その頃の王太子妃の評判は、「庶民的な王太子妃」だったのだが……

あんなことになるのなら、彼女の視察を断ればよかったと、私は後悔していた。

王家の女性は定期的にこの孤児院に視察に来る。

それというのも、ここが王家の支援する施設の一つだからだ。

適切に運営されているか、自分達の施《ほどこ》しが不正に利用されていないか、きちんと調査すると共に、王家が常に民に寄り添っていることを示す。

ところが、ここを訪れた王太子妃の第一声は――

『可哀想に。親に捨てられた子供達なのね』

だった。

この王太子妃は本気で言っているのか？

その言葉を聞いた時、私は聞き間違いだと思った。この孤児院のことを調べているなら決して出てくる言葉ではない。

誰が〝捨てられた子供〟なのか！

確かに、親に捨てられた子供も中にはいる。けれど多くは、病気や事故で親を亡くした子供だ。

それを知らないことも衝撃だったが、次の一言よりはマシだった。

『愛情を知らない子供……哀れだわ。愛を知らない子供は犯罪に陥《おちい》りやすい、と聞いたことがあるの』

なっ！　この子達が犯罪者になるとでも言うのか！

その言葉に、カッと頭に血が上った。失礼にも程《ほど》がある。

『子供達が誤った道に堕《お》ちないためにも、寄付金を増やしてもらえるようにマックスにお願いしてあげるわ』

王太子妃は傲慢《ごうまん》にもそう言い放った。

だが、そのお金は彼女のものではない。国民の血税だ！　それを『してあげる』とは！

子供というのは大人が思っている以上に、その人の為人《ひととなり》に敏感だ。

明らかに自分達を蔑《さげす》んでいる人間を好きになるはずもなく、特に年長組はすぐに王太子妃を〝敵〟と見做《みな》した。

「王太子殿下の女性の好みは最悪だわ」

つい、気持ちが口に出る。

前の婚約者であったセーラ・オルヴィス様があんな酷《ひど》い態度を取ったことはない。大貴族のお姫様だというのに驕《おご》ったところが全くない方だったのだ。

比べてはいけないのに、比べてしまう。

王太子妃と違い、セーラ様は子供達との触れ合いを「ドレスが汚れるから無理だわ」と嫌がりはしなかった。

子供達に絵本を読んでくれたり、勉強を教えてくれたり……バザーに参加してくださった時もあった。友人や知り合いにも声かけをしてくださって……

「セーラ様には子供達も懐《なつ》いていたわね……」

悪戯《いたずら》ばかりのジョンやお転婆《てんば》なララ、警戒心が人一倍強いアイ、人の悪意に敏感なロイ。一癖も二癖もある子供にも信頼されていた。

それだけではない。セーラ様は孤児院の子供達全員の名前を覚えていた。

「あの王太子妃は子供達の名前も顔も覚えてないんでしょうね」

王太子妃が帰った後の院内の雰囲気は最悪だった。これから先も彼女が来ると思うと溜息《ためいき》が止まらない。

私は失礼を承知で王宮に手紙を送った。


〈宰相の話〉


孤児院の院長から苦情が届いた。

例の王太子妃絡みだ。

子供達の教育に悪いから二度と寄越すな、という内容。

かなりオブラートに包み込んではいたが、まとめるとそうなる。

外務大臣から「外交に興味を抱かせないように、国内の公務から彼女でもやれそうなものを探してほしい」という依頼があったため、当《あ》たり障《さわ》りのないものとして孤児院の視察を提案したのだが……

どうしたらここまで酷《ひど》い評価を受けるんだ？

孤児院は王家が支援している施設だ。当然、大切な客として、王太子妃をもてなす。それがどうして……

こんなことになるなんて、数年前は想像もしていなかった。

なんせ、王太子であるマクシミリアン殿下は優秀だった。

文武両道の自慢の王子。帝王学を学び、立派に成長していた……はずだったのだ。

それが、恋に溺《おぼ》れるとは。

いや、王太子に恋人がいることは知っていた。

だが所詮は〝若気の至り〟、〝学生の時だけの恋人〟、〝青春時代の思い出〟と甘く見て、目をつぶってしまった。

まさか、婚姻を考えていたとは。

下位貴族の出身で成績も芳《かんば》しくない女性。

それでも、あの王太子殿下が夢中になった人だ。何かしらの才能はあるだろうと期待していたのだが。

今思うと、そう信じたかったのだろう。

「賢王」になるに違いないと謳《うた》われた王太子殿下が選んだ相手が、顔と豊満な肢体だけが取り柄の女だとは考えたくなかったのだ。

王太子妃の妃教育の成果は最悪だった。

王太子妃付きの侍女が決まらないのは、そのせいだろう。今も侍女長のもとに苦情と退職願が山のように届けられている。

財務大臣は「仕事をしない王族の予算は減らそうと思っているんですけど、いいですよね？」と素晴らしい笑みで言っていた。

外務大臣も「王太子殿下は外交に必要ないです」と額《ひたい》に青筋を立てている。

あれだな、セーラ様が結んだ我が国に有利な条約を王太子殿下がダメにしたせいだ。気持ちは分かる。だが、もう少しオブラートに包んだ発言をしてくれ！

コツコツと地道に実績と評価を上げてきた王太子殿下が、まさか女で躓《つまず》くとは。殿下の今までの功績は、王太子妃のせいでマイナスだ。

これ以上は無理だ。大臣達の我慢は限界で、私も王太子殿下を庇《かば》えない。

もう殿下自身が過《あやま》ちに気付いて、目を覚ましてくれるのを願うばかりだ。

それが遅ければ遅いほど、取り返しがつかなくなる。

そう分かっているのに強く進言しない私は、心のどこかで殿下を見限っているのだろう。

私は淡々と王太子の国外公務禁止と王太子妃の公務禁止についての手続きを始めた。

□□□

サリーと結婚して間もなく、私の公務が制限された。

国外での公務の全ての権限を剥奪《はくだつ》される。

理由は、重要な条約を悉《ことごと》くダメにしたせいだ。

貴族が集まって行われる会議で、全員一致で賛成し、決まったらしい。

けれど、それはないだろう？

あの条約の全てはセーラが結んできたものだ。私には内容が分からないものばかりだった。

セーラは特に外交に力を注いでいた。だから、というわけではないだろうが、単に契約するだけでなく、季節の挨拶《あいさつ》なども欠かさなかったそうだ。

おかげで彼女の評判は高く、セーラが次期王妃ならば、と我が国に有利な条件で結ばれた条約が数多くあった。

そんな彼女がいきなり王太子と婚約解消したのだ。そのニュースは一気に大陸中に広がっていた。

セーラの存在で担保されていたことを、私が保障することはできない。私がどうであれ、あれらの条約はいずれ解消となっただろう。

問題は、条約がダメになったことで被《こうむ》る不利益を補える〝何か〟を、私が一向に生み出せないことにあった。

セーラやその後ろにいるオルヴィス侯爵を侮《あなど》り、自身を優秀だと驕《おご》っていた気持ちに陰りができた私は、今更ながら焦《あせ》り始《はじ》める。

侯爵が外交官として優秀であることは知っていた。だが、まさか世界中に友人や知己《ちき》がいるとは知らなかったのだ。

そのやり方を、セーラが学んでいたことも。

野心のある男にとって、セーラは砂糖菓子のような存在だったのだ。彼女を手にしたら自動的に爵位と財産、そして世界中に散らばる人脈が手に入る。

それを手にしたのが、フェリックス・コードウェル公爵だった。

私との婚約解消後、セーラはすぐにコードウェル公爵と結婚し、子供にも恵まれた。今では二児の母だ。

そのことがサリーにプレッシャーを与えた。

だが、これぱかりは天の采配《さいはい》。どうにもならない。

そう思っていた矢先、サリーが懐妊《かいにん》した。

私は歓喜した。

これで世継ぎが生まれれば、サリーへの風当たりも少しは弱まる。

生まれてくる子供は男児でなければならない。

女性の爵位継承が法律で認められても、王位継承はまだ認められていないので、サリーにはなんとしても男の子を産んでもらわないといけなかった。

ところが数ヶ月後、生まれたのは女児。王女が誕生した。

第二章　愛がもたらす災《わざわ》い

「――マックス！　聞いているの⁉」

娘が生まれる前のことを思い出していた私は、キンキンと頭に響く妻の声で我に返った。

いけない……感傷に浸《ひた》っていた。

妻はまだお茶会で恥をかかされたと文句を言い続けている。

「ああ、聞いている」

「なら、なんとかしてちょうだい！」

「なんとかと言われても……」

「高位貴族に茶会に出席するように命令して！」

「国王でもないのにそんな理不尽なことはできない」

「なんで⁉」

「茶会は自由参加だ。出席者が少ないからといって強制はできない。サリーも自分が茶会に参加する時はそうしていただろう？」

「嫌味？　貧乏男爵家にお茶会なんてお金がかかること、できるわけないでしょう？　お茶会なんか開けなかったわよ！」

「茶会に招待されたことくらいはあるだろう？」

「ほんと、マックスは王子様なのね。貧乏な男爵家の娘を茶会に誘う令嬢なんかいないわ」

「……私に色んな茶会に出たことがあると言っていたのは、嘘だったのか？」

「嘘じゃないわ。令嬢主催の茶会に出ていないだけよ！」

どういう意味だ？　茶会は令嬢が行うものだ。夫人会に参加していたとでも言うのか？

「もういいわよ！」

疑問に思って黙っていると、サリーは扉を勢いよく開けて部屋を出ていった。

彼女の言っている意味が分からない。

己《おのれ》の妻が飛び出していった扉を見つめている内に、何故《なぜ》かかつての側近の言葉を思い出した。

私のもとから去っていった側近達。

『マクシミリアン殿下、サリー嬢は決して殿下が思っているような〝か弱い〟存在ではありません。寧《むし》ろ、逆です。サリー嬢に唆《そそのか》されて徒党を組んだ下位貴族の者達の行状《ぎょうじょう》をご存じですか？　彼らは公衆の面前で高位貴族の令息や令嬢を侮辱《ぶじょく》しているのですよ。その度にセーラ嬢が仲介に入っているのです。本来なら、これは殿下がやらなくてはならないことです。殿下がご自分に気兼ねなく振る舞う友人を大切にしたいと思うのなら、擁護《ようご》するのではなく、彼らの将来を考えて厳しく接するべきです。サリー嬢は決して彼らを助けませんよ。何故《なぜ》、と仰《おっしゃ》るのですか？　サリー嬢の行動が全てを物語っています。友人達の将来をまるで考慮していないばかりか、増長させる一方ではありませんか』

彼らは何度もそう言ってきた。

だが、私はそれを聞かなかった。

その結果、学園を卒業と同時に側近達は離れていった。

今では彼らが正しいと分かる。

年を取ったからか、それともサリーとの結婚生活に疲れたのか……もう既《すで》にあの頃のようにサリーを愛せないでいる。

屈託《くったく》なく笑う彼女の姿は変わらない。コロコロ表情が変わるのも同じ。十年経った今も、彼女は愛らしい容姿だ。

それでもあの頃に比べると、色褪《いろあ》せて見える。

まるで「恋」という魔力を失ったかのように。

サリーといると嫌でも思い出す、セーラのことを。

彼女はいつも私を補佐してくれていた。失敗しても常にフォローしてくれたのだ。

マナーは完璧《かんぺき》で、座っているだけで絵になるほど洗練されている。

彼女なら無様《ぶざま》に泣き叫んだりしない。

ヒステリックに怒ったりしない。

口汚く他人を罵《ののし》ったりしない。

思い通りにならないからと、人に当たり散らしたりしない。

このところ、つい考えてしまう。

セーラと結婚していたらこんな思いはしなかったのではないか、と。

女性は敏感というのは本当だ。

私がセーラのことを思い出すと、必ずサリーが暴れた。

子供のように地団駄を踏んだり、媚《こ》びたり、泣きついてきたり。

情緒不安定なのかと思って、精神科に診《み》せたこともあるが、「正常です」という診断しか返ってこない。

正直なところ、私は妻の態度にウンザリしている。

それだけでも問題だというのに、娘は輪をかけて問題児だ。

娘のリリアナ王女は、今年七歳になるというのに、王族としての心構えを身につけていない。

いや、それ以前の問題だ。

何しろ、王女の教育は王太子妃主導で行われている。そのせいで、高位貴族の間では王家の教育に対する不信感が拭《ぬぐ》えないでいた。

だが、これを決めたのは母だ。

私が生まれる前に両親の間で、王女が生まれたら王妃の手で育てるという決まりを作ったそうだ。

勿論《もちろん》、王女として生まれ育ち、王妃として嫁《とつ》いできた母に、子育てができるわけがない。それでも『乳母任せにはしたくない』という願いからだった。

それが受け入れられたのは、王位継承権を有する者は男児のみという決まりがあったためだ。

王子は乳母と教育係達に育てられる。

王妃として、また母として、世継ぎにならない女児なら自分の手元で育てたいという思いがあったのだろう。何しろ、嫁《とつ》いで十年以上子供に恵まれなかったのだ。

これを父も了承した。

そして、産まれたのが王子である私。

結局、母自ら、子を育てることはなかった。

ところがそれを、サリーが目ざとく見つけてしまったのだ。それまで、そんな決まりは皆、忘れていたのに。

王太子妃が決まりに沿って「王女を育てたい」と言うなら拒否はできない。

リリアナを産んでから彼女が精神的に落ち着いていたことも、判断をくるわせた。

今は、後悔している。

どうしてあの時、拒否しなかったのか、と。

リリアナの教育は散々なものとなった。

礼儀作法も勉学も、何もかもが王族として足りない。

サリーが自分の取り巻きを王女の教育係として推薦したせいだ。娘は下位貴族の令嬢レベルとしても、最底辺の教育しか受けられていない。

「王太子妃が王女の将来をどう考えているのか分からない」

高位貴族や王宮に出仕している者達の疑問は無理のないことだ。

そんなありさまだというのに、婚約者探しなど……

リリアナの相手を探すのに〝お茶会〟を催《もよお》すのはいい。

だが、本来であれば他国の王族か、国内の侯爵以上の者に嫁《とつ》ぐのである。今のままなら、それは無理だ。王族として身につけなければならないものが全く身についていない状態に加え、王女はひどい癇癪《かんしゃく》持ちでもあった。

泣いて訴えれば母親の王太子妃が必ず味方をすると知っている。幼い内から、どうすれば人が自分の言うことをきくかが無意識に分かっているのだ。質《たち》が悪い。

自分の要求が通るまで、母娘《おやこ》でヒステリックに喚《わめ》く。何時間でも。周囲からしたらたまったものじゃない。

私は彼女達を黙らせるために、言う通りになる。

皆の仕事の邪魔になるからだ。

生憎《あいにく》と母娘《おやこ》共々、それを理解していない。実によく似た親子だ。

娘の性根を直すのは根気のいる作業になるだろう。

私は溜息《ためいき》をついた。

ガッシャ――――ン!!

サリーが部屋から出ていってしばらくすると、王太子妃の寝室で騒音が響いた。

また彼女が癇癪《かんしゃく》を起こしているのか。今度はなんだ？

「今日はどうしたんだ？」

様子を見に行かせた侍女長に聞く。

「……はい。セーラ・コードウェル公爵夫人の話を若い侍従達がしていたようで……」

「コードウェル公爵夫人のことを？」

「はい。正確にはコードウェル公爵家のことですが……」

「何があった？」

「……数年前に破綻《はたん》してしまった外交条約をコードウェル公爵夫妻が再度結び直した、という噂《うわさ》です」

「そうか」

「これは外務大臣がコードウェル公爵夫妻に頼み込んだ一件でして……」

「私に気を遣う必要はない。コードウェル公爵夫人の功績を無に帰したのは私だ」

「殿下……」

侍女長にも苦労をかけている。

王太子妃だけでも大変だというのに、そのミニチュア版までいるんだ。気が休まる暇もないだろう。

――セーラ・コードウェル公爵夫人。

このティレーヌ王国でその名前を知らない者はいない。

他国でも名を馳《は》せている賢婦人だ。

王妃よりも、王太子妃よりも有名な女性。

この十年の間、彼女の名声が聞こえない時はなかった。

たとえば、コードウェル公爵夫人の発案で、彼女の領の民の教育制度が作られた。七歳から十二歳までの子供の教育を義務化し、領民であれば誰もが無料で教育を受けられる制度だ。そのために、彼女は私財を投じて市井《しせい》の学校を建てた。おかげで、彼《か》の領地の子供は読み書き計算が当たり前にできるという。

たとえば、コードウェル公爵夫人の発案で、領民の保険制度が開始された。あらかじめ一定額の医療費を積み立てておくことで、誰もが小さな負担で医療を受けられる制度だ。そのために、彼女は私財を投じて病院施設を建てた。おかげで領民の死亡率が劇的に低下し、この国で感染病が流行した時もコードウェル公爵領だけが被害を最小限に抑えている。

コードウェル公爵夫人が図書館を建てた。

コードウェル公爵夫人が美術館を建てた。

コードウェル公爵夫人、コードウェル公爵夫人、コードウェル公爵夫人……

王太子妃でなくとも彼女は活躍している。

夫のために。

家族のために。

領民のために。

どこまでも強く美しく賢く……

彼女の輝かしい功績は数知れない。

この十年で思い知った。

私は彼女にずっと支えられていたのだと。

『マクシミリアン王太子殿下、どうぞ愛する方と末永くお幸せに』

その言葉を何度も噛み締めている。

賢い彼女のことだ。私の後悔などお見通しだったのかもしれない。


「――もう、我慢できないわ！」

お茶会で事件を起こしてしばらく――

今日も妻が吠《ほ》えていた。

「聞いてちょうだい！　マックス！」

「どうしたんだ？」

「パーティーに招待したのに誰も来ないのよ！」

空耳だろうか？　パーティーと聞こえた気がする。

「王太子妃の私がわざわざ招待してあげたのに！　誰もパーティーに来てくれないなんて、あんまりよ。高位貴族の奥方は王太子妃をのけ者にして喜んでいるんだわ！」

どうやら聞き間違いではないようだ。

「サリー、それは違う」

「何が違うって言うの！」

「そもそも、私達は単独でパーティーを開けない」

「どうして！」

「財務大臣から説明されただろう？」

「覚えてないわ！」

「王太子夫妻の経費には限りがあるから、パーティーは開かないようにと言われたじゃないか」

「でもリリアナのお茶会は開けたわ！」

「……パーティーと茶会は別物だ。それに、王女のお披露目《ひろめ》のお茶会はするのが常識だ」

「そんな……」

「落ち込まなくとも……。それに主催はできなくても出席することはできるじゃないか」

「ええ！　全部、下位貴族の誘いばかりよ！　高位貴族は誰も招待してくれないわ！」

嫌われ者の王太子夫妻を好きこのんで招待する高位貴族はいない。

これでサリーが世継ぎを産んでいたらまた違ったかもしれないが……

高位貴族達は私の次を考えているのだろう。

父も私同様、一人息子だった。

だが、先々代は子沢山《こだくさん》だ。

大臣達は王家の血を引く優秀な人物を探しているはずだ。

私は中継ぎの王というわけか。

「王命よ！」

「えっ⁉」

「マックス、王命よ！」

「サリー？」

「王命を出して‼」

サリーが何やらおかしなことを言い出した。

果たして王命の意味を理解しているのだろうか？

「順を追って話してくれ。何故《なぜ》、急に王命の話になるんだ？」

まずはそこからだ。

「王命で高位貴族達に茶会に来るように命じるのよ！　勿論《もちろん》、王太子妃主催のお茶会に！」

眩暈《めまい》がする。そんなことで〝王命〟を発する王はいない。

そもそも、王太子である私にその権限はなかった。

「サリー、〝王命〟は国王陛下しか発することができないものだ」

「え〜〜〜っ……。じゃあ、マックスは？」

「王太子だからできない」

「……」

「先に言っておくが、勝手に王命を出すことも許されない。そんなことをすれば、誰であろうと死罪は免《まぬが》れない」

「……分かったわ。別の方法を見つける」

見つけなくていい。おとなしくしていてくれ。

そう言えたら、どんなにいいか。

王命、か……

私が国王になっても、それを行使することはないだろう。

許されないのだ。その権限は、既《すで》に剥奪《はくだつ》されている。

そうなった理由は、他ならぬ私にあった。

正確に言えば、王命を発すること自体はできる。

だが、それを拒否できるようになった。

拒否されたとしても、王は決して相手を罰してはいけないと法改正されたのだ。

『王命である侯爵令嬢との婚約を王太子殿下その人が破ったのです。いずれ、殿下は国王に即位なさいます。その当代で無理難題かつ理不尽な王命を出さないとも限りません。約束事をいとも簡単に反故《ほご》にされる方ですから』

宰相の説明には棘《とげ》があった。

だが確かに、王命である婚約を解消したのは私自身だ。

『将来の王による権力の乱用を防ぐために、王命を拒否できるようにする』

セーラとの婚約解消とサリーとの婚約に私が奔走《ほんそう》している間、貴族議会でそんな法案が可決された。知らない間に条文が書き加えられたのだ。

私もすぐに納得したわけではない。当然、食い下がった。

『確かに、王命の婚約を反故《ほご》にしたのはいけなかった。が、これはやりすぎだろう。そんな私が信用ならないのか？』

『マクシミリアン殿下、それは信頼に足りる行動をしている人間の言葉です。王命の重さを理解できない殿下が口にしていい言葉ではありません』

言外に、信用ならないと断言される。

全てがどうにもならないほど手遅れになって漸《ようや》く、人は過《あやま》ちに気付くのかもしれない。

どうにもならない現実を前に、妻がこれ以上問題を起こさぬように、私は少ない知り合いがどうにか妻をお茶会に招いてくれないか祈るのだった。

数ヶ月後。

「マックス。コクトー子爵夫人から誕生日の招待状が届いたわ」

「誰の誕生日なんだ？」

「娘のよ。リリアナと仲良しなの」

「そういえば、あの家の子はリリアナと年が近かったな」

「一つ下で今年六歳になるの！　結構、可愛らしい子よ」

コクトー子爵は学生時代からの友人だ。

卒業以来、多くの友人達が表舞台から消えた。その中で、彼と数人の友人のみが今も貴族として暮らせている。

サリーはリリアナのお披露目《ひろめ》後、心機一転したのか下位貴族の茶会に娘を連れ出していた。

その甲斐《かい》あって、リリアナにも友達と呼べる令嬢が数人できた。一緒に遊べる友達ができたことで娘の癇癪《かんしゃく》も随分《ずいぶん》とマシになっている。

やはり環境は大事なんだと、私は実感していた。

「誕生日パーティーはいつなんだい？」

「十月十日よ。行ってきてもいい？」

「勿論《もちろん》。プレゼントも準備しないといけないから商人を呼ぼうか？」

「それは大丈夫よ。リリアナがとびっきりのプレゼントを用意してるって言ってたもの」

「リリアナが？」

「ええ！　コクトー子爵令嬢をビックリさせるんだって張り切っていたわ」

あの子が⁉　意外だ。

「一体、何をプレゼントするつもりなんだ？」

「さぁ？　私にも内緒にして教えてくれないのよ」

何を贈るつもりなんだ？　悪戯《いたずら》道具じゃないだろうな？

心配だが、コクトー子爵令嬢の誕生日パーティーの日は会議があり、サリーとリリアナだけの参加になる。

それが悲劇の幕開けであった。

何故《なぜ》、リリアナが用意していたプレゼントの正体に気付かなかったのか。

何故《なぜ》、本人に確かめなかったのか。

何故《なぜ》、綺麗に包装された箱の中身を問いつめなかったのか……

この一件も、長い間の私の後悔の一つに加わることになった。


〈コクトー子爵家長男の話〉


「しけたパーティーと祝い品ね」

妹の誕生日パーティー当日。

あの王女様はぼそっとそう言った。

一瞬、何を言われたのか分からなくなる。

「何、このお菓子！　ぱさぱさしてるじゃない。この家にはまともな料理人がいないの？　不味《まず》すぎるわ」

それは妹のために作られた菓子だ。

妹はアレルギー体質で生まれた。卵と乳製品を全く受け付けない。少しでも食べたらアナフィラキシーショックを受けるほど酷《ひど》い。

僕の家は子爵家だ。下位貴族の中では裕福な部類だろう。

曾祖父《そうそふ》がただ広いばかりの領地を改革しなければ、貧乏貴族のままだったと言われている。大規模な酪農で領地を潤《うるお》した、偉大な曾祖父《そうそふ》。そこから祖父や父が寝る時間も惜しんで改良を重ねて作ったブランド品の卵と牛乳、チーズの数々が、高値で飛ぶように売れている。

祖母や母が社交界や茶会で宣伝しているおかげだ。

ところが、妹は自分の領地の特産品を口にできない。そのことで自分を責めている。

僕達家族には何も言わないけど、どうやら口の悪い令嬢達からそんな陰口を叩《たた》かれたことがあるらしかった。

『自分の領地の特産品を食べないなんて、酷《ひど》い領主の娘もいたものだわ』

『あら？　食べないのではなく食べられなかったのよね。ごめんなさい』

『病気ですもの、仕方ないわ。けれど領民からしたらショックでしょうね。折角《せっかく》作った商品を領主一家の者が食べてくれないなんて』

他にも色々言われたようだ。

お茶会に招待されても皆と同じものを食べられない妹に、心ない言葉を投げつける令嬢達。中にはわざと妹の紅茶にミルクを入れる令嬢もいたほどだ。

妹を殺す気か！

あの時は怒りで、その令嬢を殴り倒してやった。両親からはやりすぎだと叱《しか》られたが、後悔はない。

その後、ミルクの令嬢とその親達は何も言わずに王都を去った。疚《やま》しいことをしたからいられなくなったんだ。

食べられないものがない人に妹の辛《つら》さは分からない。

僕達家族は必死になって妹が食べられる菓子を開発した。限られた食材を使った妹のためだけの菓子を。卵や乳製品の代わりになるものをとにかく探した。

試行錯誤《しこうさくご》してやっとできた菓子はお世辞にも美味《うま》いとは言えない。

それでもやっと、妹が食べられる菓子だ。クッキーともケーキともいえない代物《しろもの》。

それを貪《むさぼ》りながら、王女は悪《あ》し様《ざま》に言う。

ポリポリと音を立てながら、それは口を開いた。

「こんな不味《まず》いものしか食べられないなんて可哀想だから、私が持ってきたお菓子をあの子に食べさせてあげたわ。感謝なさい。王宮のお菓子なんてあんた達下々の貴族の口に入らないんだから！代わりにこのプレゼントは私が貰《もら》ってあげるわ！」

菓子を口に入れたまま勝手なことを捲《まく》し立《た》てるせいで、ポロポロと菓子の欠片《かけら》が落ちる。

僕には彼女の言葉が理解できない。

「坊ちゃま……王女殿下の隣にいるのは……お嬢様では？」

顔を真っ青にしたメイドが指差す方向に目を向けると、確かに誰かがいる。

汚らしく食べ続ける王女の隣にある、小さな物体。それが倒れ伏した妹だと気付くのに時間がかかった。

妹のセシルだ。

黄色のドレス……白い靴……ああ……

「ああああ!!」

僕の絶叫で駆けつけてきた大勢の使用人達。

執事がセシルを抱き上げる光景が、スローモーションのように見える。

「まったく失礼しちゃうわよね。折角《せっかく》、私があげたお菓子を吐き出したのよ、その子。躾《しつけ》ができてない証拠ね。子爵家はまともな教育をしてないの？」

あり得ない言葉が聞こえる。

「王女……でんか……貴女《あなた》は妹に……何を……したんです？」

僕の問いに、王女は心底不思議そうな顔をした。

「何を？　なんのこと？　何もしていないわよ？」

首を傾《かし》げての返答。

彼女は手づかみで菓子を食べたのだろう、汚れたそれで無遠慮にプレゼントを開けていく。

……それは……それは。

セシルへのプレゼントだ。

今日はセシルの六歳の誕生日パーティー。

なのに……

『何もしていないわよ？』

王女の言葉がよみがえる。

セシルは寝室に移動された。

医師を呼ぶ声が聞こえる。

目の前にいる王女。食べこぼしがそこら中に散らばっている。プレゼントの包装紙も散り散りだ。

汚い……

卑《いや》しい……

その存在そのものが理解不能だ。

「祝いの品もしけてるわね」

分からない。

この生き物が分からない。

倒れたセシルに対して何も思わないのか？

意識がないセシルを心配しない姿が理解できない。

分かるのは、この女が自分とは全く違う生き物だということだけだ。

「ぎゃあっ!!」

気付いたら王女を殴っていた。

殴られた王女の悲鳴は、「本当に王族か？」と思うくらい品がない。

この惨状《さんじょう》を作ったのは王女だ。

セシルは間違いなくアナフィラキシーショックを起こしていた。王女に食べさせられた菓子によって。

王宮の菓子だと言っていた。卵を使っているのだろう。クリームもたっぷり盛《も》っていたかもしれない。

傍《かたわ》らで苦しむセシルを無視して……ぬけぬけと。

この王女は顔だけは綺麗だ。

王太子妃そっくりだと両親が言っていた。成長すれば更に美しくなるだろう、と……

本人もそれを自覚しているのか、いつも随分《ずいぶん》と自信たっぷりだ。

そのご自慢の顔を台なしにされたらさぞ悔しいだろう。悲しいだろう。

一度、殴ると、もう歯止めが効かない。

僕は再び右の拳《こぶし》を王女の顔面目掛けて叩《たた》きつける。

「ぎゃぁっ!!」

勢いのまま、握りしめた手で王女の顔を殴り続けた。馬乗りになって、何度も、何度も。

「ぎゃっ！」

「ぐっ！」

「ぎゃぁぁぁぁぁ!!」

王女の悲鳴が心地いい。

その後、騒動に気付いた護衛に羽交《はが》い締《じ》めにされる。

王女は自分を守る護衛を遠ざけていたらしい。

『自分に危害を加える者がこんな小さな館にいるわけないでしょう！』

そんなことを言っていたようだ。

王女直属の護衛は、小さな主の命令に逆らえなかった。

おかげで拳《こぶし》が血だらけになるまで殴れた。

こればかりは王女に感謝している。彼女がいつものように護衛を傍《そば》に置いていたら、心ゆくまで殴れなかったのだから。


〈コクトー子爵の話〉


娘が死んだ。アナフィラキシーショックを起こして。

主治医からは「何故《なぜ》、食べさせた！」と怒鳴られる。

「あれだけ食べ物に気を付けるように言っただろう！　何を考えてるんだ！」

そう主張する主治医の男、シンとは幼馴染《おさななじみ》だ。

「お前！　それでも親か！」

遠慮ない暴言が飛ぶのは仕方がない。

「どうして吐き出させなかった！」

吐き出させる？　王女と一緒にいた娘に？

「それが無理ならすぐ病院につれてこい！」

あの場所には、王女と娘しかいなかった。パーティーの主役である娘がなかなか出てこないのを不思議に思って息子に呼びに行かせ、事《こと》が発覚したのだ。

「よりにもよってケーキを食べさせた、だと？　お前は娘を殺したかったのか！」

「私達が食べさせるはずないだろう！　王女殿下が菓子を持ってきて、いつの間にかセシルに食べさせていたんだ！」

「……なん……だと……？　まだ繋がってたのか？　王太子夫妻と……」

「仕方ないだろ！」

「何が仕方ないだ！　あれだけ言っただろう！　縁を切れって！」

「相手は王族だ！　そんなことできないに決まってる！」

「いや、できる。できたはずだ」

「シン……」

「ルパート。お前のところにも届いただろ？　王家からの文が届いたはずだ。貴族だけじゃない、王宮に少しでも関係のある者には『王太子夫妻との縁切り状』が配布されただろう！　どうして縁を切っておかなかったんだ!!」

「そ……れは……」

「あの疫病神《やくびょうがみ》、王太子夫妻に関わっても碌《ろく》な目に遭《あ》わないことは、お前もよく知っているだろ！　あの時期の下位貴族でまともに社交界に出られているのは、お前を入れて数人しかいないんだぞ？　ああ、分かっているとも。貴族社会で居場所を失ったのは本人達の驕《おご》り高ぶりのせいだ。王太子夫妻のせいじゃない。だが、煽《あお》ったのは間違いなくあの二人だ！」

　シンの言う通りだった。

いなくなった貴族の中には俺とシンの幼馴染《おさななじみ》も含まれている。親しかった友人達——彼らとは死ぬまで会うことはない。

「調子に乗っていた連中だって悪いさ。いつまでも学生気分が抜けずに、親や親族が何度諫《いさ》めても聞き入れなかった。結局、お偉いさんの逆鱗《げきりん》に触れて破滅しちまった。自業自得だ」

その通りだ。

俺が今も貴族としていられるのは、〝バカ騒ぎ〟をしなかったおかげだった。

「でも、連中だって最初からそうだったわけじゃない。どこにでもいる普通の下位貴族だった。ちゃんと身《み》の程《ほど》を弁《わきま》えていた。それが変わっちまったのは、王太子殿下とあの男爵令嬢と付き合うようになってからだ」

誰も王太子殿下には逆らえない。学園では王太子殿下が〝王様〟だった。

権力者の傍《そば》にいたせいだろうか？　自分達まで偉いと勘違いした。

その結果がこれだ。

「自分達の〝友達〟が地獄に真っ逆さまに落ちていくのを疫病神《やくびょうがみ》夫妻は知ってたはずだ。なのに、助けなかった。知ってるか、ルパート。中には家ごと潰《つぶ》された奴が何人もいる。獄中で早々に死んじまった奴はいいさ。その後の家族がどんな目に遭《あ》ったかなんて知らないんだからな。不世出の美人だと噂《うわさ》の男爵家の末っ子が今じゃあ娼婦だ」

高位貴族に楯突《たてつ》いた息子や娘を切り捨てた家は多い。

多額の賠償金《ばいしょうきん》の支払いで一家離散など当たり前。傷がついた貴族令嬢は修道院行きが普通だが、それさえできなかった家もあると聞いた。

没落した家の若い娘の末路など嫌でも想像がつく。シンが言う噂《うわさ》の男爵家の末娘はマシな部類だ。

彼女の売られた娼館は高級娼婦を扱っている場所だからな。

洗濯女や場末の娼婦に堕《お》ちた者は数えきれないだろう。


数日後。

息子が死んだ。

処刑されたのだ。

罪名は、王族への暴行。

貴族の子弟だから公開処刑ではなく毒杯を飲まされた。

息子の最期は近衛兵《このえへい》から聞かされた。

息子は王女を暴行後、駆け付けた護衛の指示におとなしく従ったようだ。

「ご子息は覚悟の上でした」

全て分かった上で王女を殴り殺そうとしたらしい。

王女の一つ上の八歳。子供の拳《こぶし》だ。大したことができるわけがない。

「看守にも丁寧な態度でしたよ」

息子が入れられたのは貴族専用のものではなく一般の牢だった。

かつて友人だった者達が入ったこともある場所だ。地下牢でないだけマシだろう。

「毒杯を飲まれた時も毅然《きぜん》としていました。『家族に迷惑をかけてしまって申し訳ない。しかし自分は間違ったことは一切しておらず、後悔もありません。これからは天国で妹と一緒にみんなを見守っているので安心してほしい』と最後に言っていました」

「そうですか」

娘が死んで息子が死罪を命じられた日から、妻はベッドから起き上がれなくなっている。事態を知った両親も同様だ。孫を二人同時に失ったのだから。

「ご遺体は……申し訳ありませんが、お返しできません」

「分かっています」

息子はただの罪人ではない。王族に危害を加えた大罪人だ。

「ご息女の件はいかがなさいますか？」

娘が死んだ原因は王女にある。彼は王女を犯罪者として訴えるかどうかを聞いているのだ。診断書はある。多数の目撃者もいる。シンが証言台に立つと言ってくれていた。

「王太子殿下はできる限りのことはすると仰《おっしゃ》っています」

……王女を訴えることはできない。王女に裁きを与えろと訴えることは、王太子殿下に弓引くのと同じだ。

目の前の騎士は王太子殿下の言葉をそのまま伝えているのだろう。困惑しているような表情を浮かべている。意味を図りかねているのだ。

王太子殿下の言葉は、親として娘の仕出かしたことの責任を取るように聞こえるが、便宜《べんぎ》を図るので不問にするようにとの意味にも取れる。

王太子殿下の意図は両方に違いない。

もしも、俺達子爵家が王女を罪人として訴えた場合、息子の過去をばらされる。かつて息子が娘を虐《いじ》めた令嬢を殴り倒した件が蒸し返されてしまう。

相手の令嬢に非があったとしても、息子のやったことは暴行だ。それを王太子夫妻に不問にしてもらっていた。

それだけではない。

うちの領地の商品が人気になったのは、王太子殿下が大勢の人々に紹介してくださったからだ。そうでなければ、こんなに莫大な利益を得られるわけがない。

領民の暮らしを守るのが領主の務めだ。

王太子夫妻の贔屓《ひいき》によってだが、領内は豊かになった。飢える領民はいない。そんな今の立場を失えない。

……子供達はもういないのだから。

「王太子殿下にお伝えください。これからも宜《よろ》しくお願いします、と」

俺は最低な父親だ。

だがもう、他に選択肢はなかった。その手段さえ思い付かない。

今更、元の貧乏生活に戻れるはずがなかった。おとなしく従うしかないのだ。

シンが知ったら、また殴られるな。それとも殴る価値のない男だと思われるか……

自分は大丈夫だと、うまくやれていると思っていた。お調子者の友人達と同じ轍《てつ》は踏まない……

そう思っていたが、どうやら俺も愚《おろ》か者だったようだ。

□□□

コクトー子爵家の誕生日パーティーに出席していたリリアナが、大怪我をして帰ってきた。

顔中が血だらけで娘だとすぐには判別できなかったほどだ。

サリーはリリアナの状態に半狂乱になる。

私は詳しい話を護衛から聞いた。

内容からして、リリアナのしたことは殺人に等しい。

それでも〝王女〟という一点において相手の少年が罪人となり、死を与えられた。

まだ八歳。幼すぎる。

箝口令《かんこうれい》を敷いたが、王宮の皆が知るところになった。リリアナに対する視線はますます冷たいものばかりになる。

何より、娘自身が子爵令嬢にした仕打ちを「悪いこと」と認識していないのが問題だった。

『急に殴りかかってきたのよ！』

『コクトー子爵家の兄妹は最低よ！』

『私は何もしていないわ。セシルは勝手に倒れたの。失礼な子よね』

本気でそう言っているのだ。

心の底から、自分は何も悪くないと思っている。

そもそも、セシル嬢に危害を加えたのはリリアナ自身でありながら、傷つけるつもりも、ましてや殺しかけたという自覚もなかった。

それが言葉と態度に出るため、余計に疎《うと》まれる。

リリアナはよくも悪くも子供だ。

お世辞でも賢いと評価する者はいない。我《わ》が儘《まま》で欲望に忠実だ。感情のコントロールも全くできない。

子供だからか、それとも教育のせいか、自制心が備《そな》わっていなかった。

今回の件もそうだ。自分の心の赴《おもむ》くままに行動した。

王宮で、リリアナは好きなように暮らしている。それを許す母親がいる。許される環境にあった。

そのせいで、悪意なく人を傷つける。

元凶だというのに、リリアナはまるで他人事のように子爵家の兄妹の死を聞いていた。顔は包帯で覆《おお》われて、表情が見えない。それでも態度や雰囲気で、彼らにまるで興味を持っていないのが分かるのだ。

リリアナはサリー同様に感情を隠さない。

いや、隠せない。

王族にとってそれは致命傷であり、同時に異常だった。

元婚約者が聞けば、「両親によく似た王女様ですね」と言うに違いない。
愚《おろ》かな娘だが我が子だ。
たった一人の子供だ。
可愛くないはずがない。
どんなに人から非難されようが、私には娘を守る義務があった。

第三章　コードウェル公爵夫人の計画

王太子一家の噂《うわさ》はどれも悪いものばかりだった。

それは王都から遠く離れたコードウェル公爵領にも聞こえてくる。

高位貴族にはハッキリと「王太子一家とは関わってはいけない」と自分の子供に注意する者までいる、という話だ。

王宮でも腫《は》れ物《もの》扱いだとか……

思えば、この国の十五歳から十八歳の子供が全員通う王立学園に在籍していた時から、サリー・ビット男爵令嬢の美貌《びぼう》は抜きんでていた。

フワフワの桃色の髪、澄んだ空色の目、愛らしい顔立ち。

何より彼女の魅力は、自分の美貌《びぼう》を理解していることにある。魅《み》せ方《かた》、とでもいうのか、彼女は自身の容姿を利用する術《すべ》を既《すで》に知っていた。

学園に集められるまで、そんな人と会ったことがなかった私は、ひどく驚いたのを覚えている。

少年から青年へ変わる多感な時期の男性には、それはたまらなく魅力的だったに違いない。彼女は男性をたぶらかす才があった。

流石《さすが》に高位貴族の子息で〝本気〟になる者はいなかったが……随分《ずいぶん》とお盛んだったと聞いている。

男子生徒には女神の如《ごと》く崇《あが》められている一方で、当然、女子生徒の受けは最悪だ。

『男に媚《こ》びを売るしか能がない』

『腹黒のぶりっ子』

『息を吐くように嘘をつく』

『脳内お花畑』

『男達共有の娼婦』

色々と陰口を叩《たた》かれていた。

彼女に親しくしていた女子生徒はいないのではないか？

もっとも本人はそんなことは全く気にしていなかった。同性からの陰口は、鼻で笑い飛ばしていたのだ。

『私が綺麗だから妬《ねた》んでいるのね？　モテない女は憐《あわ》れね、貴女《あなた》の好きな彼は私にぞっこんよ』

とまあ、終始こういった態度なので、女子生徒はますます彼女を毛嫌いした。

とはいえ、高位貴族の令嬢が学園卒業後、彼女と接することは殆《ほとん》どないと思われた。住む世界が違うのだ。

自分の婚約者が彼女と仲良くしていたとしても、『怪しげな店に嵌《はま》るよりも、身近で鬱憤《うっぷん》を晴らしているほうが安心ですわ。ただ、婚姻の際はきちんと病院で検査を受けてもらわなくてはなりませんね。おかしな病気をうつされたらたまりませんから』などと、冷静な人が殆《ほとん》どだったと記憶している。

そもそもサリー嬢はマナーがなっていない。成績も悪い。学園を卒業後に関わり合いになるとは、とても考えられなかったのだ。

おそらく彼女は、男爵家でも令嬢教育を受けていなかったのだろう。

貴族令嬢にはない愛嬌《あいきょう》があるのは確かだ。

一方で、平民階級にない〝華〟と〝知識〟を持っている。

これを正しく育てれば、素晴らしい女工作員になれると思っていたのに……

男性を惹《ひ》きつける技術は希少だ。閨《ねや》の中で情報を聞き出せる。場合によっては、人脈を得られることもあるだろう。

彼女は実に優秀な駒になると判断し、陛下と父にお伺いを立てようとしていたが……まさか、マクシミリアン殿下に先を越されるとは。

殿下は私と同じ考えなのだと勘違いしてしまった。

まさか、彼女の手練手管《てれんてくだ》の術中に嵌《は》まるなど、誰が想像できるものか！

驚いたのは私だけではないはずだ。高位貴族の殆《ほとん》どが驚いたと思う。

しかも、殿下はサリー嬢を甘やかすだけ。成長を促《うなが》すこともなければ、注意をすることもない。ひたすら溺愛《できあい》し、褒《ほ》め称《たた》える。

結果、大人のいない子供のみの社会で王太子殿下の寵愛《ちょうあい》を得て注目を浴びたサリー嬢は、増長していった。

愛されるのが当然だと思うようになっていったのだ。

まぁ、相手が今までと違って王太子殿下なので、彼女が他の男性との関係を全て断ち切ったのは幸いだったかもしれない。

多くの高位貴族の子息は婚約者との結婚があるので別れに応じていた。いや、一番の理由はサリー嬢の相手が王太子だったからだろう。

王太子殿下が寵愛《ちょうあい》する女性と自分が関係を持っていたなんて、口外したくもないに違いない。そんなことをして割を食うのは自分達だと、少し考えれば誰でも分かる。

サリー嬢もそこら辺はうまく行動していた。現に、殿下は最後まで気が付かなかったようだ。それもどうかと思うが……

問題は、王太子殿下の寵愛《ちょうあい》を受けた彼女が、〝自分は他と違う選ばれた存在〟だと勘違いしたこと。

そして何故《なぜ》か、私がサリー嬢に敵視されたこと。

王太子殿下の婚約者だったからなのだろうか？

恋敵だと思われていたのかもしれない。

私と殿下の間に恋情は存在していなかったのに……

思えば、その頃からだ。サリー嬢の存在を快く思わない高位貴族が増えたのは。

彼女が殿下の寵愛《ちょうあい》を笠に着て、高位貴族を攻撃したのだから仕方ない。

まずいと思った私はサリー嬢を諫《いさ》めたが、聞く耳を持ってはくれなかった。

それは殿下も同じだ。

何度、苦言を呈《てい》したか分からない。

王太子殿下はそれをサリー嬢に対する暴言だと解釈していた。結果、サリー嬢を諭《さと》さなければならない立場の殿下が彼女を擁護《ようご》する。

それが下位貴族の高位貴族に対する態度を増長させる原因となった。学生だからという言葉では許されないほどに。

私達と同年代の下位貴族が軒並《のきな》み表舞台に立てないのはそのせいだ。

何事にも限度というものがある。それを見極められなかったのだから致し方ない。学園の中には、将来の活躍が楽しみな者が複数いたのに残念だ。

それだけの被害を出したにもかかわらず、サリー嬢は『友達だから助けろ？　どうして？　自己責任でしょう？』と言って知らんふりをした。

その態度には呆《あき》れるしかない。急に梯子《はしご》を外された者達の心境はいかばかりか。

彼女の性格は王太子妃になってからも変わることはなく、リリアナ王女にも受け継がれたことが、問題を更に深刻にした。

――コクトー子爵家の悲劇。

幼い兄妹に起こったあの出来事は、貴族社会を震撼《しんかん》させている。

今更だが、王太子殿下が愛する女性と結ばれたいと言い出した時に糾弾《きゅうだん》するべきだったのだ。

目を閉じると、ありし日の光景を鮮明に思い出す。

『――すまない。別の女性を愛してしまったんだ』

あの時、婚約者だった王太子殿下はそう言った。

それに対して、私は無言を貫《つらぬ》くしかなかった。

この期に及んでそのようなことを言わずとも、知っていたから。

何しろ、王太子殿下は隠すことすらしていなかったのだ。『学園中の人間が知ってますよ』と返さなかっただけありがたいと思ってほしい。

『彼女と結婚したいと考えている』

心底、申し訳ないといった表情をしていた殿下。どうやら、罪悪感というものが彼にも備《そな》わっていたようだ。あれだけ派手にサリー嬢と行動していたので、良心と常識をどこかに置き忘れたとばかり思っていた。

公《おおやけ》の場で婚約を解消したいと言わない、その常識は持っていたようで安心したのを覚えている。

ただ、サリー・ビット男爵令嬢との婚約が整えば正式に婚約解消するから、覚悟しておいてくれ、と言わんばかりの空気を醸《かも》し出《だ》していたが。

私も空気を読んで答えた。

『まるで物語のようですわね。結果を楽しみにしております』

それは、まごうことなき本心だった。

安い恋愛小説紛《まが》いな展開と、その主人公みたいな二人。物語のようにハッピーエンドになるかならないかは殿下次第だ。

恋愛小説の最後は〝幸せになりました〟で締めくくられる。それも結婚式で終了というパターンが殆《ほとん》どだ。

けれど、現実には〝その後の結婚生活〟という第二幕がある。その結果が出るのはどれくらい先だろうか。

『ありがとう、セーラなら私の気持ちを理解してくれると思っていた』

王太子殿下は私の言葉を自分の都合のいいように受け取り、ニコニコ微笑《ほほえ》んでいた。

私は怒っていたのに。今までの苦労が水の泡になったのだから。

そこのところを王太子殿下は理解していなかった。人生をくるわせられて怒らない者はいないだろうに。

王太子の婚約者に選ばれて、八年。立派な王妃にならなければ、と厳しい妃教育を受けさせられてきた。全てマクシミリアン殿下が王位を継ぎ、彼の治世を支えるためだ。

殿下を支えることは、国を支えるも同然。

民のためにと頑張ってきた私の八年間がこうもあっけなく終わってしまうのかと思うと、彼を罵《ば》倒《とう》しなかった自分の自制心に感服している。

いついかなる時も、王族としての誇りを忘れずポーカーフェイスを貫《つらぬ》くこと――そんな妃教育の賜物《たまもの》だ。

とはいえ、起こってしまったことを嘆《なげ》いていても意味がない。

私は急いでオルヴィス侯爵邸に戻り、父に王太子殿下の言葉を報告した。

『お父様、マクシミリアン殿下に婚約解消の打診をされました。殿下はビット男爵家のサリー嬢を妃になさりたいそうです。つきましては、早急に国王陛下と話し合う必要がございます』

『殿下と例の男爵令嬢のことは私達の耳にも入っている。勿論《もちろん》、国王陛下も知っているだろう。既《すで》に謁見の申し込みをしてある。明日にでも陛下と交渉する予定だ』

父の返答は落ち着いていた。

流石《さすが》、用意周到だ。ひょっとすると、王太子殿下が言い出さずともあの婚約は解消されていたかもしれない。

ただ――

『私と殿下は準婚姻をしている状態です。それに王妃様がなんと仰《おっしゃ》るか……』

『あの王妃のことだ。婚約解消に反対するだろう。もしくは殿下を誑《そその》かした男爵令嬢の存在をなかったことにするかもしれない。だからこそ陛下に謁見を申し込んだんだ。安心しなさい。我々は秘密裏に動く。セーラは何も心配することはない。今まで頑張りすぎたんだ。少し休息をとったほうがいい』

父の横にいた母が口を挟む。

『その通りですわ！　王家から婚約を打診され、渋々受け入れたというのに……この仕打ち。淑女の八年をなんだと思っているのかしら？　望んで王太子妃になるわけでもなかったというのに。詫《わ》びの一つもないのでしょうか？』

父以上に母は立腹していた。

無理もない。母は王太子との婚約に元々乗り気ではなかったのだ。

そもそも両親は、一人娘である私を家から出したくないと思っていた。親族から養子を貰《もら》って娘を嫁に出すのではなく、婿《むこ》を取って私に家を継いでもらいたかったそうだ。

そこに、王家からの度重なる婚約の打診。特に王妃様の熱心さは常軌を逸脱《いつだつ》していたらしい。今でも一族の間で語り草になっている。

最終的に王命によって成立した婚約。その経緯を王太子殿下は知らなかったのだろうか？

『それはともかく、噂《うわさ》によれば、例の男爵令嬢は大層面白い存在のようだが、セーラの目から見てどうだい？　今から教育を受けて間に合うと思うか？』

『……無理だと判断しております。サリー嬢は勉強が苦手ですし、何かを学ぶことにやる気を出すタイプでもありません。加えて、本人の特技は次期王妃には相応《ふさわ》しくないと言わざるを得ません。愛妾《あいしょう》なら問題はなかったでしょうが……』

マクシミリアン殿下が王太子である限り、サリー嬢が別の男性の子供を孕《はら》むことはないと思う。そういったことにはしっかりしているみたいなので安心している。流石《さすが》に、王家に違う種が入るのはまずい……。

『そうか……報告と調査の結果でも分かっていたことだが……それは問題だな』

『どういうことですか？　お父様』

『王太子殿下は男爵令嬢に夢中になっているものの、結婚したら嫌でも自分の妃の不出来さを理解するだろう。愛していても彼女では王太子妃は務まらない、と。きっと王太子殿下は側妃制度の復活を望まれる。王太子妃に代わって公務をしてくれる便利な妃の存在を求めて。その場合、一番に狙われるのはセーラだ』

『冗談ではありません！　セーラは都合のいい道具ではないのですよ!?　いくら王族といっても許される範囲を超えていますわ!!』

母は美しく微笑《ほほえ》んでいたが、そのこめかみには青筋が立っていた。

婚約解消は、男性側に落ち度があったとしても女性側は無傷でいられない。特に貴族は体面を重んじるため、〝傷物〟との評価は免《まぬが》れず、女性が新たに婚約を結ぶ際には妥協を強《し》いられる。

それでなくても、私の年齢と身分に釣り合うこの国の男性の多くは婚約者持ちだ。婚約者がいない男性は、何か問題がある場合が殆《ほとん》どだった。

母も父もそれを心配する。

『足元を見られて側妃に据《す》えられかねない』

『あの王妃の息子ですもの。なんでもありなのでしょう。「婚期を逃したセーラが可哀想だ。王家で一生面倒をみよう」などという世迷言《よまいごと》を言い出す前に、手を打つ必要がありますわね』

もし側妃制度が復活すれば、真っ先に私が候補にあがるだろう。そうなった時の将来が面白いものになるはずがない。まさか、とは思うが……警戒するに越したことはなかった。

王太子殿下の〝都合のいい道具扱い〟はご免だ。それなら、修道院に行ったほうが遥《はる》かにマシというもの。

『セーラ、貴女《あなた》の努力は皆が知っています。もしもの時は他の家の方々に協力してもらいましょう。王家がセーラの縁組に横やりを入れたり、妨害を仕掛けてきたりしても、反撃はできるわ。大丈夫よ。セーラを妻にしたいという男性など掃《は》いて捨てるほどいます。家格など気にせず貴女《あなた》が気に入った男性を選べばいいの。私達は婿入《むこい》りを希望しているけれど、貴女《あなた》が望むなら嫁に行ってもいいわよ。幸い、嫁入り支度は済んでいますからね』

私は学園を卒業したらすぐに王家に嫁《とつ》ぐ予定だった。当然、必要な道具は全て準備できている。

それにしても、王太子殿下とまさかこのような形で終わりを迎えるなど、予想もしていなかった。

母はああ言ってくれたが、おそらく婚約の打診の多くは下位貴族からになるに違いない。

本来なら侯爵家の娘との結婚は望めないところを、私を傷物と見做《みな》して大きな態度を取る者が出てくるはず。

何しろ私は、学園で嫌というほど下位貴族の横柄《おうへい》さを見てきた。『王太子殿下から捨てられた侯爵令嬢を拾ってやる』とでも言いそうだ。そんな人々と関わり合いになる気はない。

この際、年は離れていても構わないが、自分に釣り合う殿方を必ず探そうと心に誓った。

その後――

王家との婚約解消が正式に決まる。オルヴィス侯爵家は、王家からの謝罪も受け入れた。

その証《あかし》として私は永代伯爵となり、王太子領を与えられる。

この契約の見届け人の中に、何故《なぜ》か王太子殿下の側近達が加わっていた。

彼らがなんのために見届け人になったのかという疑問は、すぐに解消される。

『オルヴィス侯爵令嬢、申し訳ありません』

契約調印の場でそう言って、彼らは私に頭を下げたのだ。

『王太子殿下を止められず……オルヴィス侯爵令嬢には不快な思いをさせ続けてしまいました』

『たとえビット男爵令嬢が王太子妃になろうとも、我々の心の王太子妃はオルヴィス侯爵令嬢でございます』

『我々だけでなく、高位貴族は常にオルヴィス侯爵令嬢を支持します』

王太子殿下の側近達は全員が高位貴族。ただ家柄がいいだけではない。全員、代々の者が国の要職に就《つ》いていた家の嫡男《ちゃくなん》であり、本人達も優秀な人物。

王太子殿下を支えるという共通の目的を持つ私達は、それなりに親しくしていた。

だが、なにも彼らが謝ることではない。彼らが王太子殿下を諫《いさ》めていたことを私は充分知っていた。

例えば――

『殿下、いい加減になさってください！　ビット男爵令嬢とは距離を置いていただきたいと申し上げたはずです』

勿論《もちろん》、サリー嬢にも苦言を呈《てい》していた。

『王太子殿下にはオルヴィス侯爵令嬢という婚約者がいる。婚約者のいる男性にむやみやたらと近寄るのは淑女としてあるまじき行動だ』

『恋は自由だと？　それが婚約者のいる男性に言い寄っていい理由にはならん』

それを聞き入れなかったのは殿下とサリー嬢だ。謝罪は必要ないと言った私に、彼らは首を横に振った。

『我々は今日をもちまして、王太子殿下の側近の地位を返上いたします』

続いたのは思いがけない言葉だ。

『主君が誤った道に進もうとしているのを止められなかった我々は、側近に相応《ふさわ》しくありません』

『なっ⁉』

その場にいた王太子殿下が、ひどく驚いた顔をした。知らされていなかったらしい。

一方、殿下の隣にいる国王陛下と宰相閣下は涼しい表情のままだった。

『何も責任を取って辞める必要はありません。皆様が殿下達を諫《いさ》めていたのは誰もが知っていることです』

『いいえ。我々はいつの日か、殿下が過《あやま》ちに気付いてくださると思っておりました。しかし結果はこの有様《ありさま》です。どうやら殿下にとって我々は、小言ばかりを口にする煩《わずら》わしい存在でしかないのでしょう。殿下は「自分の気持ちを理解せず心ない言葉を吐く側近よりも、身分が低くとも心映えのいい者を傍《そば》に置きたい」と常々仰《おっしゃ》っていました。我々のように殿下の心を汲《く》み取《と》れない者が傍《そば》にいれば、殿下と未来の王太子妃の障《さわ》りになりましょう』

『お、お前達……』

愕然《がくぜん》としている殿下とは対照的に、側近達は笑顔を見せた。

既《すで》に彼らは殿下に匙《さじ》を投げていたのだろう。忠告や苦言を全て小言と退《しりぞ》けられ続けたのだから無理もない。

代わりに、王太子殿下は自分の愚行を肯定し続ける下位貴族達を重用していた。

だが、学園で殿下の周りに侍《はべ》っていた彼らは、軒並《のきな》み将来を失ったと聞く。

高位貴族を敵に回した結果だ。家ごと潰《つぶ》されても文句は言えない。

現に、愚《おろ》かな息子や娘を一早く切り捨てて、被害を最小限に留めた家ですら、落ちぶれている。

中には『断腸《だんちょう》の思いで息子を捨てたというのに蟄居《ちっきょ》せねばならないとは！』と抗議した親もいるようだが、自業自得だ。まさか、何事もなく済むと思っていたのだろうか？　王命の婚約を無効にする手助けを子供がしたのに。知らなかったなどという言い訳が通用するはずがない。

そもそも何故《なぜ》、下位貴族がそのまま王太子殿下に近い位置にいられると考えたのだろう？　そんなことを高位の貴族が許すと思った理由が知りたい。

結果的に彼らの態度が、本人達だけなく王太子殿下の首も絞めた。

本来、王太子妃には侯爵家以上の出自の女性がなる決まりだ。本人の品格によって甘めに見ることになったとしても、最低限、伯爵位は必要だろう。

当然、サリー嬢についても問題になった。

そのせいでサリー嬢は周囲に認められないと王太子殿下は考えていたが、それはちょっと違う。

確かに家格が問題になったのは間違いではない。だが、真実とも言い難かった。何故《なぜ》なら、サリー嬢がどこかの高位貴族と養子縁組をすれば事足《ことた》りる。

ところが、ビット男爵令嬢を養女にする貴族は出なかった。

王太子殿下はそれを不思議に思っていたが、何もおかしなことではない。どこの世界に自分達を悪《あ》し様《ざま》に言う人間を〝家族〟として迎え入れたいと思う者がいるか。ましてや、そんな人間を王妃として支えたいとは思わない。

そんな雰囲気に拍車をかけたのが、サリー嬢の態度だ。

自分の取り巻き達が罪人になったり、家から追い出されて平民になったりしても、彼女は知らぬ顔だった。

この事態の首謀者だというのに、『彼らの行動は全て自己責任。私には関係ないわ』と言ったのだ。これには私達全員、呆《あき》れて言葉が出なかった。

――自分は特別な存在。

近い内に王太子妃になる。

王族という高い地位に就《つ》く。

だから、何をしてもいい。

そんな考えが透《す》けて見えていた。

王太子殿下が彼女の本質にいつ気付くのか、それとも一生気付かないままなのか？　ふと、それが気になった。

だからというわけなのか、私はつい嫌味な言葉を口に出す。

『マクシミリアン王太子殿下、どうぞ愛する方と末永くお幸せに』

恋に溺《おぼ》れている間は幸せ。

でも、その恋から目を覚ましたら？　一体どうなっているのでしょうね。

私は内心でほくそ笑んだ。

もっとも、そんな愛していない男性との婚約解消でも、しばらく虚《むな》しくなったのは事実だった。

あれが愛している人との婚約解消なら、どれほどの心の傷になっただろう？

感傷的な気分に拍車をかけたのが、私に対する婚約の申し出だった。

なんと、サリー嬢に夢中になって自分の婚約を破棄する羽目《はめ》に陥《おちい》った男性が予想より多くいたのだ。当然、下位貴族の子息ばかり。

彼らは自分達が捨てた元婚約者のその後を知っているのだろうか。

高位貴族の私ですら、この始末。下位貴族の令嬢となれば、まともな縁組を望めなくなっただろう。多くの女性が親子ほども年の離れた男性の後妻となっている。彼女達に申し訳ないと思うどころか、自分達の地位を少しでも回復しようと私に求婚してきたのだ。

勿論《もちろん》、全部断った。

そんな時。父に一人の男性を紹介される。

いや、正確には父の紹介ではない。

『セーラ、フェリックス・コードウェル公爵に会ってみないかい？』

『コードウェル公爵ですか？』

『父上が是非《ぜひ》セーラと引き合わせたいと言ってきたんだ』

祖父がすすめてきたのだ。

ティレーヌ王国には三つの公爵家がある。コードウェル公爵家は、その筆頭ともいえる家柄。先代の公爵が先王の姉を妻としているので、今代のコードウェル公爵は国王陛下の従弟《いとこ》だ。

『そういえば、独身でしたね』

『ああ、セーラよりも十五歳年上になるが傑物《けつぶつ》だ。会ってみる価値はあると思うよ』

確かに、現コードウェル公爵はかなりのやり手だと聞いていた。

その時点でも、彼の代で資産を増し、公爵領の貿易は更に盛んになり、主要都市は〝第二の都〟とも謳《うた》われていた。

ただ、ご本人が王都に現れたことはなく、公式な行事にも代理人が出席している。私も彼に会ったことがなかった。

珍しいことに、王立学園にも通っていない。貿易に力を注ぎたいと、聖ミカエル帝国に留学していたのだ。

国王陛下がかなり信頼していると噂《うわさ》で聞いた程度。どういった人物なのか、私は全く知らなかった。

『父上は前コードウェル公爵と親友で、数年前まで若くして公爵になったフェリックス殿を後見していたんだ』

『それは初めて聞きました』

『ははっ。領地のことは父上に任せっきりだからな』

コードウェル公爵領はオルヴィス侯爵領の隣だ。

『お父様もコードウェル公爵と親しいのですか？』

『よく知っているよ。ただ、私の場合は「幼い頃は」とついてしまうがね。勿論《もちろん》、無理に会う必要はない。セーラの気持ちを尊重する』

公爵家は王国一の資産家。家柄も血筋も王家の次によい。悪い話ではなかった。

当然、私はにっこり笑って父に答えた。

『お父様、私、コードウェル公爵にお会いしてみたいです』

——コードウェル公爵家当主、フェリックス様。

彼に初めてお目にかかった時は驚いた。

マクシミリアン王太子殿下によく似ていたのだ。

いいえ、この場合、国王陛下に似ていると言ったほうがいいのかもしれない。何しろ、王太子殿下は若かりし頃の国王陛下に似ていると評判なので。

けれどフェリックス様は、王太子殿下よりも長身で落ち着いた声をしていた。エスコートも随分《ずいぶん》スマートだ。少し話しただけで、博学で広い視野の持ち主であることも分かる。

そんなところも、やはり王太子殿下よりも国王陛下に似ていた。

まぁ、二人は従兄弟の間柄なので似ていてもおかしくはないが、王太子殿下とは違い、フェリックス様とは話が弾《はず》む。

『セーラ嬢、私の領地は王都に比べると何もない田舎《いなか》です』

『ご謙遜《けんそん》を。フェリックス様のご活躍はかねがね伺っています。領地は王都以上に賑《にぎ》わっていらっしゃるそうですね』

『ははは。それは一部の話にすぎません。我が領の特産は小麦ですからね』

『それこそ素晴らしいですわ。品種改良に成功した冷害に強い小麦。その開発を促《うなが》したのがフェリックス様だとか。おかげで、我が国は飢饉《ききん》が起きてもびくともしません』

コードウェル公爵領が新品種の小麦を栽培しているからこそ、民が飢える心配をせずに暮らせるのは本当のことだ。ここ数年は、災害被害に遭《あ》った他国に小麦を援助できるまでになっている。

『王国もかつては他国からの支援物資で民の暮らしを凌《しの》いでいた時期がありましたから、ご先祖様は随分《ずいぶん》と悔しい思いをしたのでしょう。品種改良の成功は先代からの努力の結果です。先代オルヴィス侯爵にも相当、助けていただきました』

『お爺様が、ですか？』

『ええ。「支援や援助で他国から舐《な》められ、不平等条約を結ばされるなどあってはならん」と言って、早々に侯爵位をご子息に譲り渡し、品種改良と領地改革に勤《いそ》しんでいました。父が亡くなり、幼い身で公爵家を継いだ私を支えてくれたのは、リチャードお爺様——先代オルヴィス侯爵です。もっとも、開発に次ぐ開発で、気付いたらいい年になってしまいましたがね。ははは』

公爵様は子供のように笑う。そこは陛下や殿下に似ていない。

フェリックス様はお爺様に恩を感じて私に求婚してくださったのだろうか？

その疑問が顔に出ていたのかもしれない、フェリックス様が話を続ける。

『言っておきますが、私がセーラ嬢との婚姻をお爺様にお願いしたのです。無理を通してもらいました。……十五歳も年上のおじさんで王都に出向くことのない出不精《でぶしょう》な公爵だが、私と人生を共にしてほしい』

真っ直ぐにこちらを見つめる目には、これまで感じたことのない熱がこもっていた。

男性にこのような目で見られたのは初めてで、どう反応してよいのか分からない。とはいえ、王太子殿下と違って、フェリックス様が私を〝女性〟として見ているのは痛いほど伝わってきた。

『ふ、不束者《ふつつかもの》ですが宜《よろ》しくお願いします』

そんな私の返答に、フェリックス様は終始笑っていた。

こうして出会ったばかりの彼の求婚に応えた私に、両親は苦笑しながらも喜んでくれた。


フェリックス様との婚約はトントン拍子で決まり、時を置かずして式を挙げた。

急《せ》かされるような結婚となったのには訳がある。

王妃様だ。

王太子殿下との婚約を解消したのに、彼女は息子と男爵令嬢との結婚を認めていなかった。私をもう一度王太子殿下と婚約させようと画策し、フェリックス様との結婚を妨害しようとしているという情報が入ったのだ。

ご実家であるチェスター王国の力を借りようとしているという不穏《ふおん》な話もあり、何かが起きる前に嫁《とつ》いだほうがいい、という両家の判断だった。

そのため、式は王都ではなくコードウェル公爵領で行った。

にもかかわらず、大勢の高位貴族が参列し、その中には国王陛下の姿もあったそうだ。私はまったく気付かなかったが。

『騒ぎにならないように変装をしていたから仕方ない。表立って祝うのは困難な立場だからね』

フェリックス様がそう笑いながら話してくれた。

『王妃様のことは陛下もご存じだ。なんらかの手を打つと約束してくださったから安心していい』

結婚式で彼が国王陛下に頼んでくれたらしい。

王家の思惑《おもわく》がどこにあるのか知らないものの、結局、王太子殿下は希望通りサリー嬢と結婚した。

そのショックで王妃様は体調を崩され、療養に入ったとの話だ。

あの王妃様がそれくらいで寝込まれるとは思えず、些《いささ》か腑《ふ》に落ちなかったが、詮索《せんさく》するつもりはない。世の中、知らないほうがいいことは沢山《たくさん》ある。

それはともかく。結婚後、私が王都に赴《おもむ》くことはなくなった。

友人達と疎遠《そえん》になるのを覚悟していたが、実際はそうはならず、彼女達がコードウェル公爵領に遊びにきたり、手紙のやり取りをしたりしている。寧《むし》ろ、王都にいた頃よりも親しくなった。

おかげで、王都の出来事も以前と変わらず耳に入る。

——つまり、王太子夫妻のその後も詳しく知っていた。

王女暴行事件の顛末《てんまつ》も……

第四章　見当違いの愛の行方《ゆくえ》

「嫌！　嫌よ！　こんな顔！」

今日もリリアナの悲鳴のような叫び声が聞こえてくる。

殴られた彼女の顔は元には戻らなかった。鼻がおかしな方向に曲がり、片目が潰《つぶ》れ、歯が何本も欠けている。美しかったかつての面影《おもかげ》はない。

サリーは娘の顔を見るのが辛《つら》いようで、部屋に引きこもっている。

「お父様、なんとかして！　私を元の姿に戻して……お願い……」

勝気な娘がこれほど弱々しい姿を見せるのは初めてだ。

リリアナの事件は一通りの決着がついている。弁護士を通して、コクトー子爵家に相応の詫《わ》びをした。「子供同士の諍《いさか》いの結果です。非は息子にもありますので」という言葉を貰《もら》っている。

流石《さすが》に王女を訴えるような愚《おろ》かな真似を、子爵はしなかった。

弁護士に話がついたと聞いた時、ホッとしたのを覚えている。私とて、知り合いに毒杯を渡したくはない。

ただでさえ、リリアナを悪く言う声が多いのだ。

「王女様の無知が原因で幼い命が奪われた」

「己《おのれ》の欲求に忠実とは、一体、誰に似たのやら」

「王族としての教育はどうなっているんだ？」

「今回のことは不幸な事故でもなんでもない。いつか必ず起こることだった」

「茶会やパーティーで我が物顔に振る舞っていましたもの。いつかは仕出かすと思っていましたわ。あの王太子妃の子ですものね」

「見た目だけでなく中身も母君に似ているのだな。礼儀知らずで意地が悪い」

「今回の件も〝自分は悪くない、責めるのは酷《ひど》い〟と言い触らしているそうじゃないか。まったく王女のせいで人が死んでいるというのに、被害者気取りとは」

確かに娘はお世辞にも賢い子ではない。感情的で短慮が目立つ。

けれど、悪意を持って人を害しはしないのだ。好きこのんで人を傷付ける娘ではない。

——無知なだけ。

子爵令嬢のことも、本人なりによかれと思っての行動だ。

王宮のケーキを友達にプレゼントしたい。自分の好物は皆も好きに違いない。そう思ってのことだ。

ただ、彼女には悪いことをしたという自覚が一切ない。訳も分からず暴行を受けたと本気で思っている。

何度も説明して諭《さと》したのに、理解しない。今の今まで碌《ろく》に叱《しか》られた経験がないせいか、彼女の中では〝悪いこと〟が曖昧《あいまい》だ。

それだけ、サリーの教育は偏《かたよ》っていた。

それを、こんな形で再確認させられたくはなかったが。

娘はあまりにも歪《いびつ》だ。「幼いせいで善悪の区別ができない」という言い訳は通用しないだろう。

いや、まだ七歳。人格が固まりきってはいない。軌道修正できるはずだ。王族に相応《ふさわ》しい教育を受ければまだ間に合う。

「お父様！　お父様！　痛いの！　顔が痛いの！」

あれから三ヶ月経つが、未だに慢性的に痛みを訴える娘。医師は「精神的なものではないか？」と言うだけで、なんの解決案も出さない。

「鎮静剤を打て」

私はリリアナが暴れる前に、付き添っている看護師に命じた。しばらくすると、娘から寝息が聞こえてくる。

彼女の眠る姿は痛々しい。

世間は娘の自業自得だと言っている。多分、そうなのだろう。

それでも私にとっては可愛い娘だ。なんとかしてやりたい。

そんなある日。

とある貴族から有益な情報がもたらされた。

「王女様をボーテ王国の医師に診《み》てもらってはいかがでしょうか？　彼《か》の国は近年、美容に関して高い評価を受けております」

「ボーテ王国か……馴染《なじ》みのない国だな。遠方にあるせいか、医学に優《すぐ》れているとは聞いたことがない」

「元々は衣装や宝飾関係で有名でしたが、数年前に画期的な美容医学を確立しています。以来、各国の上流階級の女性達から注目を集めているのです。ソバカスのない雪のように白い肌を手に入れられるとか。年配の夫人に至っては若返った、と専《もっぱ》らの評判です」

怪しいな。大丈夫なのか？

「他にも特に有名なのが、醜女《しこめ》を絶世の美女にする手術のようです」

「どんな手術だ！　改造されているではないか！」

「殿下、いつの世でも女性の美に対する執念《しゅうねん》は想像を絶するものですよ」

「り、理解できん」

「それが〝女〟という生き物でございます」

男には分からん感情だ。

だが、それほどの評判なら、リリアナの顔が元に戻る可能性は低くない。半信半疑でも、何もしないよりはマシ。費用は莫大というが、リリアナの将来を考えれば安いものだ。

早速、私はボーテ王国に手紙を出した。

本当は直接、病院と話をしたかったが、「外交問題になります」と外務大臣に止められたのだ。

仕方なく外交官経由で依頼を出す。

数週間後に返事が届いた。

だが、「リリアナ王女は幼すぎるため、手術そのものができません」という断りの内容だった。骨が出来上がっていない年齢での手術は危険を伴《ともな》うというのだ。

諦《あきら》めるしかない。

なす術《すべ》もなく、時間だけが過ぎていく。

ずっと癇癪《かんしゃく》を起こしていたリリアナは、月日が経つにつれて口数が減った。寝室から一歩も出ようとしなくなる。

いつも元気いっぱいだった娘の声が聞こえないのが寂しい。

このままではいけない。

私は王宮から離れることをサリーに提案する。意外にも、彼女はこの提案を受け入れた。

私達親子は南の離宮に移り住んだ。

温暖な気候で暮らしやすく風光明媚《ふうこうめいび》なことから、貴族達の別荘地にもなっている場所である。何かと騒がしい王都に居続けるよりも娘のためになるとの判断だ。

そうやって時間を稼ぎ、リリアナが十五歳になった年、晴れて彼女をボーテ王国に送った。

しばらくして、手術を終えたリリアナが帰国した。

私とサリーは南の離宮を引き払い、王都で彼女を迎える。

「あぁ……あぁ……リリアナ！」

サリーは人目も憚《はばか》らずに大量の涙を流しながら、娘を強く抱き締めた。

私もリリアナの髪を撫《な》でる。

手術が成功し、元の姿に戻ったリリアナは初めて出会った頃のサリーを思い出させた。

何もかもが懐《なつ》かしい。

六年ぶりの王都――

王太子一家の王都帰還の祝いとして、国王主催の夜会が開かれる。

リリアナは「自分も参加したい」と駄々をこねたが、社交界デビューしていない娘を夜会には出せない。宥《なだ》めるために、私は彼女のドレスを新調した。

夜会は王都にいる殆《ほとん》どの貴族が参加する大規模なものとなる。

だが、私とサリーを見る者は誰もいなかった。

高位貴族は最低限の挨拶《あいさつ》をしては去っていく。サリーにはカーテシーすらされない状況に、私は愕然《がくぜん》とした。

公《おおやけ》の場に出ることはなくとも王太子妃だというのに……

玉座に座る父を盗み見る。父は貴族達のそういった態度を当然だと思っているようだった。どうやら王太子妃にカーテシーをする必要はないというお墨付きを、国王自身が与えているようだ。

隣に立つサリーは気付いていない。華やかな宴《うたげ》に心を奪われている。

それは幸いかもしれない。サリーにとっても私にとっても……

まるで私達は透明人間だ。

他人事のようにそう思う。

流石《さすが》にもう、サリーに対して不敬だと喚《わめ》くことはできなかった。そう考えることすらなくなっている。かつての側近達の進言が今になって身に染みた。

『ビット男爵令嬢を大切に想っているのなら距離を置くべきです』

『愚《おろ》かなことは考えないでください。ビット男爵令嬢に王太子妃は務まりません』

『育ってきた環境も受けてきた教育も違いすぎる相手との婚姻など、不幸以外の何物でもありませんよ』

『男爵家の出では、最低限の支度すら整えられないでしょう』

恋で目が曇《くも》っていた私は、側近達のセーラを擁護《ようご》する言葉が癪《しゃく》に障《さわ》ったものだ。

サリーに王太子妃は務まらない。その言葉も曲解していた。

だが、彼らの言葉は正しかった。今の私なら理解できる。サリーと問題なく婚姻したいなら、私は王籍を抜けるべきだったのだ。

『マクシミリアン殿下、我々は殿下の側近であり、学友として、幼い頃から傍《そば》に仕えて参りました。セーラ嬢のこともよく存じ上げております。セーラ嬢ほどの女性は世界中どこを探しても見つからないでしょう。我が国は未来の賢妃を永久に失ってしまいました。その損失は計り知れません』

全くその通りだった。

もっとも心の中では、当時の私がそんなわけないと叫んでいる……。

思えば、ビット男爵家にも悪いことをした。

あの家は歴史ある古い家柄だ。だが、財政は悪かった。

その上、一人娘が王太子に見初《みそ》められたせいで、周囲の貴族から敬遠される。オルヴィス侯爵家に喧嘩を売ったと、商人との付き合いも悪くなったと聞く。

サリーとの結婚に浮かれていたせいで、私は彼ら一族の衰退に気付くのが遅れた。知ったのは既《すで》に廃爵された後だ。

しかも、その話を他人である宰相から聞かされたという体《てい》たらく。

ビット男爵は、『王家に嫁《とつ》いだ以上は、娘は既《すで》に王族です。その娘によって多くの人達の人生がくるったことは事実。私達一族は、そんな王族を産んだ責任を取らなければならないのかもしれませんが……もうこの国で暮らしていくのは難しいでしょう。知り合いの伝手《つて》を頼りに新しい土地で再出発いたします。王太子妃との縁は切らせていただきます』と言い、隣国に旅立ったそうだ。

宰相がもらした『親はまだマトモでしたな』との言葉に言い返すことができなかったのを、私は思い出していた。


回想に耽《ふけ》っている間に、貴族達の挨拶《あいさつ》が終わっていた。

「ルーデン侯爵夫人！」

サリー!?

隣にいた妻が、歓談している婦人達のもとに駆け寄っていく。

「ルーデン侯爵家には素敵な息子さんがいると聞いたわ」

「息子ですか？」

「そう！　とってもカッコイイって評判になっているのよ」

相手が嫌そうな顔をしているにもかかわらず、彼女は自分の言いたいことを捲《まく》し立《た》てた。

「お褒《ほ》めくださってありがとうございます。まだ十二歳の子供ですのに」

「十二歳!?」

「はい」

「な、なんでよ！　噂《うわさ》じゃあ、六ヶ国語を話せて来年には帝国に留学するって聞いたのに！」

「はい、その通りです」

「はぁ!?　十二歳の子供なんでしょう？　話を盛《も》っているの？」

「ほほほっ。相変わらず王太子妃様は他に類を見ない発想をされるのですね。ルーデン侯爵家は外交を重視する家柄。当然、子供達には諸外国の言語や文化を深く学ばせます。十歳になる娘も三ヶ国語を習得しておりますのよ」

「……やだ……がり勉？」

「王妃様は大変面白いことを仰《おつしや》いますわね。高位貴族の子女ならば、最低でも三ヶ国語を身につけているのが常識です。妃教育を受けられたのでしょうから、ご存じでしょうに」

優雅に微笑《ほほえ》むルーデン侯爵夫人の目は冷ややかだ。出来が悪く、公式の場に出られないサリーに対しての嫌味を口にする。

夫人は学園の後輩でもあった。二学年下で、セーラを慕《した》っていたのを覚えている。

「……～～っ。り、留学といえば、ハイド公爵夫人の息子さんも帝国に留学されているとか……」

「はい、去年から帝国に行っております」

「確か大学に通っていると聞いているけど……その、やっぱり十二、三歳なのかしら？」

「まぁ！　流石《さすが》に十二歳で帝国の大学に入学するのは無理があります。私の息子は先月で二十歳《はたち》になりました」

「え！　二十歳《はたち》？」

「はい」

「それじゃあ、王女とも年回りがいいわね！」

どうやらサリーはリリアナの婿《むこ》候補を探しているようだ。

しかし、ハイド公爵家は確か……

「ハイド公爵子息はつい先日、帝国の公爵令嬢とのご結婚の日取りがお決まりになったそうですね。おめでとうございます」

隣にいた夫人からの言葉に、サリーはひどく動揺する。

ハイド公爵夫人にリリアナのことを話そうとした矢先だ。頭が追い付かないのだろう。

彼女にしたら娘のよさをアピールして婚約話に持っていきたかったに違いない。それが無理なら、せめて、公爵子息が国に戻った時にでも見合いさせる約束を取りつけたかったのだろう。

「ありがとうございます。けれど、まだ日取りが決まっただけですわ」

「いいえ、帝国の公爵家に婿入《むこい》りされるなんて素晴らしいことです」

「本当に、先方から是非《ぜひ》にと望まれた婚姻だと伺《うかが》いましたもの」

目の前にいる王太子妃など眼中にないとばかりに、貴婦人達の会話は進んでいく。

「では、ハイド公爵家はご息女が跡をお継ぎになるのですか？」

「そうなりますね。帝国の公爵家との縁組が成立した時点で娘には跡取り教育を施《ほどこ》していますから、問題はありませんわ」

「ご息女も優秀と評判ですものね」

「まだまだ若輩者《じゃくはいもの》で恥ずかしい限りです。ですが、女性に爵位の継承が認められたのは僥倖《ぎょうこう》でした。王太子妃様、ありがとうございます」

「え？」

「女性に爵位継承が認められたのは、王太子ご夫妻のご活躍のおかげですもの」

「え？」

「本当にありがとうございました」

本心からの言葉だろう。婦人達は珍しく満面の笑みだ。

我々に対する当てこすりでもなんでもない、本当に心からそう思っているのだ。

だが、嫌味ではない言葉のほうが精神的にクる。

一方、何故《なぜ》感謝されるのか分からないサリーは困惑していた。

「……どういたしまして」

訳が分からないまま感謝を素直に受け取る彼女に溜息《ためいき》しか出ない。

周囲の婦人達は口元に扇子《せんす》をあてて「クスクス」と嗤《わら》っていた。

バカにされつつ、感謝もされる。……複雑だ。

その時、ザワザワと入り口の周りが騒がしくなる。そちらに目を向けると、かつての婚約者の姿があった。

眩《まばゆ》いばかりの美貌《びぼう》は今も健全である。

いや、少女時代よりも更に美しさが増していた。大人の女性の魅力とでも言うべきか、薫《かお》り高い色香が備《そな》わったようだ。

彼女の姿に見惚《みと》れるのは何も男だけではない。女性達もその優美な姿から視線を外せないでいる。

セーラの隣にいるのがコードウェル公爵なのだろう。彼は彼女を守るようにエスコートしていた。

その上、彼女の胸元を飾る首飾りの宝石は彼の瞳と同じ色。

噂通《うわさどお》り、コードウェル公爵はセーラを溺愛《できあい》しているようだ。

コードウェル公爵夫妻が国王陛下に挨拶《あいさつ》をする。

こうして見ると、父と公爵は驚くほど似ていた。公爵が年を取れば、父と瓜二《うりふた》つになるのではないか。

公爵の噂《うわさ》はよく耳にするが、会うのは初めてだ。彼は王都嫌いだと言われている。

夫妻は父と話が弾《はず》んでいるようで、こちらに挨拶《あいさつ》に来る気配がない。

私としては向こうが挨拶《あいさつ》に来た時に、今までのことを謝りたかった。長年婚約者として陰に日向にと支えてくれたセーラに、突然、婚約解消を言い渡すなど、随分酷《ずいぶんひど》い仕打ちだ。

王族が、ましてや次期国王が、臣下に謝罪するなど前代未聞《ぜんだいみもん》のことだろう。ひょっとすると、

セーラを困らせるかもしれない。

だが、誠意だけは示したかった。

ところが、いつまで経ってもセーラ達はこちらに来ない。

いや、来ないというのは語弊《ごへい》がある。父が二人を離さないのだ。

このまま王太子である私に挨拶《あいさつ》をさせないつもりだろうか？　何故《なぜ》だ？　理由が分からない。

私は仲睦《なかむつ》まじく話す父と公爵夫妻を見つめることしかできない。

「――そう言えば、ご令嬢の婚約が正式に決まったらしいな。二人ともおめでとう」

「ありがとうございます、陛下」

聞き耳を立てていると、話題はセーラの娘の縁談だと分かる。

「以前から打診はあったそうだが、コードウェル公爵令嬢が相愛の相手との婚約とは、実にめでたい」

「はい。元々、幼馴染《おさななじみ》の間柄でしたので、私達夫婦も安堵《あんど》しております」

「他国の王族からいくつも縁談が舞い込んでいたそうではないか」

「求婚者の方々には申し訳ありませんが、娘の気持ちが第一ですから」

「ははは。それもそうだ。聖ミカエル帝国の第二皇子との婚約だ。国を挙げて祝わなければな」

「陛下、お戯《たわむ》れを」

「戯《たわむ》れではないぞ。当然のことだ」

驚いたことに、セーラの娘は帝国の皇子に嫁《とつ》ぐらしい。それに、帝国の皇子とセーラの娘が幼馴《おさなな》染《じみ》とはどういうことだ？

私は知らない。王宮で話題になりそうなことだというのに……何故《なぜ》だ？

父の言葉が頭の中をグルグルと回る。

周囲を見渡すと、驚いているのは下位貴族ばかり。高位貴族は当然とばかりに微笑《ほほえ》んでいた。どうやら彼らは知っていたようだ。

一方、サリーは恐ろしい形相でコードウェル公爵夫妻を見つめている。それでも二人に駆け寄っていかないだけの理性はあるらしい。

ここに来て、夜会の雰囲気は完全に変わっていた。

本来の趣旨である〝王太子一家帰還の祝い〟から〝公爵令嬢と帝国皇子との婚約祝い〟に。

もはや誰も私とサリーを見ていないどころか、下位貴族すら私達の存在を気にかけていない。

父上との会話が終わるや否《いな》や、高位貴族達が一斉にコードウェル公爵夫妻を囲む。

次々に祝いの言葉を贈られる二人。それを満足げに見ている父。

これでは誰のための祝いか分かったものではない。

まるで王太子一家の名前を出汁《だし》にして貴族を呼び出し、コードウェル公爵令嬢の婚約祝いを仕組んだようにさえ感じる。

被害妄想だと分かっていても、止まらない。実の父が息子にそんな仕打ちをするはずがないというのに……

〈コードウェル公爵の話〉


国王陛下にも困ったものだ。

これでは誰のための夜会か分かったものではない。王太子も怪訝《けげん》に思っただろう。王太子妃の顔を見ろ。鬼のような形相だ。

それを見て見ぬフリをする国王陛下は狸《たぬき》だな。

それにしても王太子は何故《なぜ》、この美しく聡明《そうめい》な妻ではなく、あのような女を選んだのだろう。

妻、セーラは血筋もよく美貌《びぼう》と才能に恵まれ、まさに次期王妃に相応《ふさわ》しい器《うつわ》だ。非の打ちどころがない。

彼女は公爵家に嫁《とつ》いで以来、その賢さで次々と領地改革案を打ち出し、我が領地を豊かにしている。

それに比べて王太子妃はなんだ。

品のない行動の数々。あれでは下賤《げせん》の者の振る舞いではないか。彼女の過去を改めて調べたところ、男に媚《こ》びを売るしか能がない女性だった。王太子と付き合う前は随分《ずいぶん》と奔放《ほんぽう》で、学生時代に子を孕《はら》まなかったのが奇跡のようだ。

その事実から考えるに、王太子妃がなかなか孕《はら》まなかった理由は避妊薬だろうと思われる。彼女はそれを常用していたに違いない。それも普通のものではなく、闇市で売買されている危険なものを。

あれは〝薬〟としては強力だが、その分副作用が強い。それ故《ゆえ》に表で正規販売できなかった代物《しろもの》だ。娼婦達が挙《こぞ》って買う、確実に孕《はら》まないための薬だからな。

よくぞ、王女を産んだものだ。おそらく、王太子妃は今後、懐妊《かいにん》できないだろう。

本来なら、彼女は愛妾《あいしょう》に据《す》えるべきだった。そうすれば、なんの問題もなかったのに。

歴史を紐解《ひもと》くと、美女に籠絡《ろうらく》された君主は数多《あまた》存在する。

だがまさか、自分達の次期国王が女で失敗するとは夢にも思わなかった。

『何故《なぜ》、真面目で優秀だった王太子殿下が男爵令嬢ごときに陥落《かんらく》したのか……今もって理解できません』

重鎮《じゅうちん》達の困惑と嘆《なげ》き。

まさしく、あの事件は王国の悲劇だろう。

今の王太子の傍《そば》には親身になって忠言する者がいない。長年仕えていた側近は軒並《のきな》み職を辞している。

その穴埋めとして新たに選出された者に、高位貴族出身者は皆無《かいむ》だ。〝王太子殿下が望んだ通りの人物〟として、少々年の離れた者が役目に就《つ》いている。それも下位貴族ばかり。

新しい側近達は王太子の〝イエスマン〟だ。

王太子を恐れてか、それとも前任者と同じ轍《てつ》を踏みたくないのかは定かではないが、彼らが苦言を呈《てい》することはないらしい。時に王太子を諫《いさ》め、間違いを正さなくてはならない立場だというのに。

あの王太子が話を聞くかどうかはともかく、間違った判断や行動は指摘し諭《さと》さなければならない。

王太子妃もその責務を負っているが、その自覚も覚悟も能力もない者に何を言っても無駄だ。

後から聞いた話では、ビット男爵は自分の娘の所業を知らなかったらしい。娘の行動による賠《ばい》償《しょう》と慰謝料で大変苦労したとか。

周りに不幸と迷惑を撒《ま》き散《ち》らした王太子妃は、それら一連の出来事に対して他人事のように知らん顔を決め込んでいるのだから、大した女だ。

こうなることが分かっていただろうに手を打たなかった国王陛下の顔を、私はもう一度見つめたのだった。

□□□

サリーがリリアナの婚約者を本格的に探し始めた。

王女の婿《むこ》探しなのですぐに見つかるだろうと信じて疑わない彼女が羨《うらや》ましい。

彼女は現実を知らないのだ。

高位貴族の子女は十歳までに婚約するのが通常だ。リリアナと吊り合う年代で婚約者がいない子息となると、家に特殊《とくしゅ》な事情があるか、本人が何かしらの問題を抱えている者か、になる。

そんな私の予想通り、娘の婚約者探しは難航した。

「どうして！　どうして見つからないの⁉」

今日も色よい返事はなかったようだ。サリーが喚《わめ》いている。

けれど、この結果は無理もない。

「王女と結婚できるのよ？　涙を流して喜ぶべきでしょう！」

彼女はそう言うが、喜ぶ男はいないだろう。それ以前に家が許さない。

リリアナという爆弾を抱えることを。

「折角《せっかく》、美しい顔に戻ったというのに！」

地団駄を踏むサリーを宥《なだ》める侍女はいなかった。

こうなった場合、好きなようにさせなければ被害が出ると知っているのだ。情報源は侍女長だろうか？　彼女が一番サリーの行動を熟知しているからな。

「マックス！　なんとかして！」

「なんとか？」

「そうよ！　このままだとリリアナが下位貴族と結婚しないといけなくなるわ！」

「……いや、それはない」

「どうして？　リリアナと同年代で婚約者がいないのは下位貴族の子息ばかりなのよ！」

「王女は下位貴族に降嫁できない」

「そうなの？」

「ああ……」

彼女は本気で知らなかったようだ。

王女は侯爵家以上の家でなければ降嫁できない。そもそも、我が国の王女が下位貴族に嫁《とつ》いだ例などなかった。

当然だ。経済的な余裕がなく高位貴族のしきたりも知らない家が王族を嫁として迎えるなど、どんな罰ゲームだ。相手の家にとって迷惑以外の何物でもない。

仮にリリアナが下位貴族の子息と恋に落ちたとしたら、その彼を〝男妾《だんしょう》〟として飼うことになる。

私は溜息《ためいき》をつきながら、サリーに返事をした。

「……大臣達に相談しよう」

「大臣に？」

「知恵を貸してもらうんだ」

「そう……そうね。大臣なら伝手《つて》くらいあるわよね」

娘の結婚相手すら探せないとは情けない話だが、王女の嫁《とつ》ぎ先《さき》が見つからないのは国としても問題だ。外務大臣なら諸外国の貴族とも交流がある。我が国と違い、婚約する平均年齢が高い国もあるに違いない。そんな国の貴族と話をつけ、いいように取り計らってくれるだろう。

この時、私は娘の結婚問題で頭がいっぱいだった。

だから自分の妻がどんな表情をしていたのかを見逃す。

そして、娘を思う母親の行動力を甘くみていた。

「——無理です」

外務大臣は私の相談をあっさりと断った。

「大臣、もう少し真剣に考えてくれ」

「お言葉ですが、マクシミリアン殿下。私は至って真剣にお答えしております。リリアナ王女を国外に嫁《とつ》がせるなどもっての外《ほか》です。我が国の恥を世界に晒《さら》すようなものではないですか」

「そ、そこまで言うことはないだろう。仮にも王女だぞ。リリアナにも立場というものがある。年頃の王女にいつまでも婚約者がいないのは問題だ！」

「なんの問題もありません」

「王太子の娘が結婚相手もいないのだぞ？　諸外国になんと言われるか！」

「あのリリアナ王女を国外に出して外交に支障を来《きた》し、我がティレーヌ王国が笑い者にされるよりかは何倍もマシです」

彼のあまりの言い分に、私は絶句する。

リリアナは出来がいいとは言えない。療養生活中も我《わ》が儘三昧《ままざんまい》だった。なんとか伯爵令嬢クラスまでの教育は施《ほどこ》したが、それも最低限のものしか身についていない。

「だが、王族だ。私の一人娘なのだ」

「殿下、王族の義務を果たしていない者が言う台詞《せりふ》ではありません」

取り付く島もないとはこのことだ。

「ならば……母上はどうなんだ？　母上は王妃として公務に殆《ほとん》ど参加しないではないか……」

卑怯《ひきょう》なことを言っているのは分かっていた。

母上が公務に出るのが最小限だった原因は、子供に恵まれなかったせいだ。長年懐妊《かいにん》しなかったために石女《うまずめ》と囁《ささや》かれていた母を守るために、父が公務に出さなかったと聞いている。

「確かに王妃様は最低限の仕事しかなさっていません。それでもチェスター王国との外交には欠かせない存在です。何故《なぜ》か分かりますか？」

「母上がチェスター王国の王女だからだ」

「その通りです。それも王家から溺愛《できあい》されている末の王女殿下です」

外務大臣の言いたいことは嫌でも理解できた。

母には利用価値がある。隣国に対してのみではあるが、彼女がいることでかなりの好条件で付き合えているのは確かだ。

一方、リリアナは王女としての価値がないに等しい。

「結婚できないことを、そこまで悲観なさることはありません。賢く生き、引き継いだ父親の資産を倍にする方もいますので」

嫌味か？　リリアナにそんな器量はない。破産するのが目に見える。

「それができずとも、最終的には修道院に行けば食うに困りません」

「なっ⁉」

「話は以上になります。私は殿下達と違って忙しいのです。何しろ、我が国と聖ミカエル帝国との世紀の縁組に一日中身体を捧《ささ》げている状況ですので」

大臣が私を部屋から追い出し、扉を閉める。私は部屋の前で唖然《あぜん》とするしかなかった。

外務大臣は王女を修道女になっても構わないと言い切ったのだ。

「──それは当然のことです」

数日後。

相談に行った宰相も、外務大臣と同じようなことを言った。

「マクシミリアン殿下、そもそもオルヴィス侯爵令嬢であったセーラ様との縁組が何故《なぜ》、王命であったのか理解されていますか？」

「セーラの両親、オルヴィス侯爵夫妻が優秀な外交官だからだろう。何しろ彼らは世界中に知己《ちき》がいる……」

「それもあります。が、それ以上にオルヴィス侯爵夫人が同盟国であるバーフェン王国の公爵令嬢であるからです」

「バーフェン王国の公爵家といっても臣下の出ではないか。それに、彼《か》の国は我が国と少々遠い」

「……殿下はオルヴィス侯爵家についてどこまでご存じなのですか？」

どこまで？　ご存じも何も、あの家は外交と領地経営に長《た》けた名門貴族だ。

「先代オルヴィス侯爵の奥方はクラーク公爵令嬢です」

我がティレーヌ王国には公爵家が三つある。コードウェル公爵家、クラーク公爵家、ハイド公爵家、この三家だ。

他国に比べて数が極端に少ない理由は、王位争いを避けると同時に、王家の血を絶やさないための政策に関係している。王家の直系が絶えた場合、公爵家の者が即位するのだ。彼らは〝三大公爵家〟と呼ばれ、他の貴族と一線を画している。

だが、それがなんだというんだ？

「先代オルヴィス侯爵夫人は既《すで》に亡くなっておりますが、先代コードウェル公爵夫人と親友同士でした。しかも互いの夫も無二の親友同士。現コードウェル公爵が若くして爵位を継いだ際には、先代のオルヴィス侯爵がその後見人を務めたほどです」

先代コードウェル公爵夫人？　ああ、父上の伯母にあたる方だな。確かその方も亡くなっているはずだ。セーラの夫、コードウェル公爵の母親か。

「分かりませんか？」

「何をだ？」

「オルヴィス侯爵家がいかに重要な地位にいるのかを」

宰相が問いかけるように言う。

質問の意図が分からない。

セーラのことならある程度知っている。長年の婚約者で、同時に幼馴染《おさななじみ》でもあったのだ。

だがそれは、あくまでもセーラ個人であって、オルヴィス侯爵家ではない。

侯爵家の内情は実のところ、よく知らなかった。

「宰相、どういうことだ？」

「我が国の三大公爵家の内、一家と姻戚関係であり、もう一家とは懇意《こんい》な関係にあります。それに加えて同盟国の公爵家と姻戚関係。オルヴィス侯爵は国内外に大変な影響力を持っています。地位は侯爵ですが、実質は公爵家と言っても過言ではありません。他国に取り込まれでもしたら……そうですね、具体的に、セーラ様が他国の王族と結婚して婿《むこ》としてオルヴィス侯爵家に入り込まれることを、我々は危惧していました。そうなる前に、マクシミリアン殿下との婚約を王命で決めたのです」

「つまり……私とセーラの婚約は成るべくしてなったと……」

「王家としてもオルヴィス侯爵家の力を取り込みたかったのもあります。殿下の後ろ盾になってほしかったのです」

「私の？」

「はい。殿下はティレーヌ王国での後ろ盾が乏《とぼ》しい状態ですから」

「え？　だが……私には母上の母国が、チェスター王国が……」

「確かに隣国という強い後ろ盾がございます」

「ならば……」

「殿下はチェスター王家の評判の悪さをご存じですか？」

「ひ、評判……？」

評判が悪いとはなんだ？

チェスター王家は美貌《びぼう》の一族として名高い。芸術家達は挙《こぞ》って彼らの〝美〟を称《たた》え、自身の作品に残そうと躍起《やっき》になっていると噂《うわさ》されている。

現に私の母も大変美しい女性だ。

「チェスター王家は美男美女で有名です。そのせいか〝美〟に対して異常なほど執着《しゅうちゃく》する国でもあります。美しいが故《ゆえ》の傲慢《ごうまん》さと我の強さは天下一品。しかも、虚栄心の塊《かたまり》ときています。自国ならいざ知らず、他国にそれが通用するはずがありません」

なっ⁉　まさか……いや、確かに母上は気位の高い人ではある……

「その話に信憑性《しんぴょうせい》はあるのか？　私は聞いたことがない」

「ご本人を前に悪口など品がありませんし、言えば不敬罪として処罰されますから、なおさら言えるはずがありません」

確かにその通りだ。王妃や王太子を面と向かって悪く言う者はいない。

「……噂《うわさ》にもなっていないようだが」

「近年、チェスター王家は自国よりも国力の低い国の王族としか婚姻を結んでおりませんから、聞こえてこないだけです。ですが、よい評判も聞きませんでしょう？」

「……そうだったのか。すまない……知らなかった」

「いえ……殿下にお教えしなかった我々も悪いのです。……外交公務をされていた時にご承知だとばかり思っておりましたので……」

小国は口を噤《つぐ》んでも、大国や同格の国は違うということか。これに気付かなかった私が悪い。

チェスター王族はその類稀《たぐいまれ》なる美貌《びぼう》を賞賛される、華やかな印象しかない。当時、悪評を誰かから聞いても信じなかっただろう。

思い返せば、そこまで親しい者が私にはいない。チェスター王家からは頻繁《ひんぱん》に手紙が届いているが、それは全て母宛てのもの。

幼少の頃は母の兄弟が特使として我が国を訪れることが度々あった。昔のことでよく覚えてはいないものの、彼らが子供の私を見てひどく落胆していた記憶がある。あれは、私が母ではなく父に似ていたからこその落胆だったのだ。

はは、今頃になって気付くとは……

「なるほど。それに加えて、チェスター王家は母上の美貌《びぼう》を引き継がなかった私には興味がないということか……。私には隣国の後ろ盾などないに等しいな。王妃の息子だから、無下《むげ》に扱うことこそしないだろうが、積極的に支援してくれるとは思えない。自国の王族とも交流が少ないし、私の立ち位置は不安定なものだったのだな」

自分で言っていて虚《むな》しくなる。

宰相の哀れみの目が余計に私を惨《みじ》めにさせた。

唯《ただ》一人の王子。嫡出《ちゃくしゅつ》の王子。

確固たる地位だと思っていたそれは、決して盤石《ばんじゃく》なものではなかった。

それを今になって知ることになるとは……

「殿下はセーラ様と婚約解消するべきではありませんでした。殿下も今は理解していると思いますが……。公衆の面前で隠すことなく男爵令嬢を寵愛《ちょうあい》していても、婚約者であるセーラ様を蔑《ないがし》ろにすべきではなかったのです。セーラ様と真摯《しんし》に向き合い、話し合うべきでした。ご自身の感情だけで行動してはいけなかった。殿下が相談していれば、セーラ様のことです、愛妾《あいしょう》の存在を許してくれたでしょう。もっとも、殿下は愛する女性を正式な妻にすることに拘《こだわ》っていましたから、どちらにしても婚約を解消せざるを得なかったでしょうが……それでも、もっと円満に話を進められたはずです」

宰相の言う通りだ。

言い訳になるが、当時はそんなことを考える余裕がなかった。

「殿下は廃嫡《はいちゃく》されていてもおかしくなかったのです」

「そうだろうな。私に弟がいれば、とっくの昔に廃嫡《はいちゃく》されていたのだろう」

そう答えると、宰相が少し驚いた表情をする。一瞬だけだが、私は見逃さなかった。

けれど、それくらいはバカでも分かる。一人息子だから、私の代わりはいない。その強みを、私は結果的に利用している。

宰相は憐憫《れんびん》のこもった目で私を見ると、深い溜息《ためいき》をついた。

「理解しているなら、もうお分かりでしょう。何故《なぜ》、リリアナ殿下に縁組の話が持ち上がらないのかを……」

「私がセーラを――」

「コードウェル公爵夫人です、殿下」

言いかけた言葉を、すかさず訂正される。

そうだな、人妻を呼び捨てにはできない。

「……コードウェル公爵夫人を蔑《ないがし》ろにして別の女性と婚姻したせいだな」

「それもただの婚約ではありません。王命での婚約でした。高位貴族は殿下に不信感を持っています。王家からの申し入れで、王命まで使って強制した婚約を、いとも簡単に切り捨てる殿下を信用する高位貴族はおりません。そのような行動をさせた王太子妃に対しても同じこと。王女殿下と婚約したところで、『別に愛する人ができた』と、いつ反故《ほご》にされるか分からないと思っているでしょう」

「それだけではないだろう？」

「ご理解されているのですね」

「ああ……リリアナとの婚姻は相手にとって旨味《うまみ》がない。王太子の娘といっても母親は元男爵家。しかも既《すで》に潰《つぶ》れている。これから先、サリーに子供ができなければ、私の次は公爵家の誰かが即位する。皆はもうその誰かを王と見て行動しているのだな」

　であるなら、なおさら。後ろ盾のなくなるリリアナを然《しか》るべき家に嫁《とつ》がせたい。

　私が生きている間は彼女の生活は保障されるだろうが、その後は？

「……私以外にリリアナを守ってくれる存在が必要なのだ」

「仮に王女殿下が嫁《とつ》げたとして、その家族に大切にしてもらえるとは限りません。寧《むし》ろ、厄介者《やっかいもの》扱いされる可能性のほうが大きいと思われます。王女殿下のことを思うならば、修道院にお入れするべきです」

「修道院はダメだ！」

「何故《なぜ》ですか？　高位貴族が王女殿下に好意を寄せることはありません。婚姻ができても仮面夫婦になるのが関の山ではありませんか！　それとも殿下は実の娘が白い結婚でも構わないと仰《おっしゃ》るのですか？　双方共が不幸になる結婚です」

「それでも……修道院はダメなんだ」

「一番安全な場所です」

「……リリアナにとっては安全な場所ではない。あそこには下位貴族の令嬢や夫人がいる」

恋に浮かれて、自由に振る舞った結果がコレだった。

忘れていたわけではない。自分の行動の結果が多くの人々の人生をくるわせたことを。

外務大臣に言われたから……というのもあるが、娘の将来を考えて、修道院について一応は調べた。

リリアナが不自由なく過ごせる場所を確保する必要があるのだ。修道院の中には、規制が緩く献金によって優遇措置《そち》を取るところもある。

それを調べていく内に、貴族籍の女性がこの十五年間に修道院入りするケースが相次いでいることに気が付いた。

貴族が修道院に入る場合は、何かしらの理由がある。気にならないわけがなかった。素行の悪い者がいる場所に娘を住まわすわけにはいかない。

調査の結果は、最悪の一言に尽きる。

修道院に入る貴族が増えたのは、私達夫婦のせいだったのだ。

自分の元婚約者であるセーラが普通に嫁《とつ》いでいったから。

嫁《とつ》ぎ先《さき》で愛されて幸せに暮らしていたから。

昔よりも美しく満ち足りた笑みをしていたから。

だから――

他の令嬢も同じだと思ってしまったんだ。

私は二十年近く前の出来事を鮮明に思い出した。

私達のせいで婚約がなくなり、急いで新たな結婚をした令嬢達の多くは、悲惨な人生を送っていた。

ある令嬢は嫁《とつ》ぎ先《さき》から暴力を受けて逃げるように修道院のドアを叩《たた》いている。

ある令嬢は親よりも年上の貴族の後妻になり、夫が亡くなった瞬間に継子達に身一つで追い出されて修道院の門をくぐった。

ある夫人は娘の教育失敗を理由に離縁され、実家に戻れず、修道院に入った。

過去の所業の結果を見せつけられる。

「実家や婚家に冷遇された末に修道院入りした下位貴族の女性は多い。私とサリーによってもたらされた悲劇だ。学生時代の友人の元婚約者達の多くも居場所を失い、シスターになっている。彼女達は私達夫婦を恨んでいるだろう。その憎悪がリリアナに向けられる恐れがある。そんな場所に娘を置くわけにはいかない」

「ならどうなさいます？　一生王宮で面倒を見るおつもりですか？」

「それができないから相談しているんだ。どうにかリリアナを守れる家に嫁《とつ》がせたい」

「……無茶なことを仰《おっしゃ》います」

「無茶は承知の上だ」

「嫁《とつ》ぐ家はないのです」

「この際、高位貴族に連《つら》なるならどこでもいい。困窮《こんきゅう》している家の一つや二つあるだろう」

「どれほど困窮《こんきゅう》しようとも、王女殿下を娶《めと》りたい家はありません。ここは修道院に入るのが一番無難です」

「それをすればリリアナの身が危ない！」

「ならば、危ない身の上にしなければ宜《よろ》しいのです」

「そんな方法はない！」

「修道院に王女殿下の名前で寄付をしてはいかがですか？」

「……それで彼女達の心が晴れると思うか？」

「そんなことで晴れるはずはありませんが、何もしないよりは遥《はる》かにマシです。寄付をきっかけに交流を持っていくしかないでしょう」

正論だ。ぐうの音も出ない正論だ。

私はそこで押し黙った。

娘の結婚相手がいないのだから、致し方ない。

王国の政治を担《にな》う二人の大臣から「王女を娶《めと》りたい高位貴族はない」とまで言われた以上、私にはどうにもできなかった。

〈王太子妃の話〉


どうして？

私が娘の嫁《とつ》ぎ先《さき》にと考えていた家から、正式な断りの手紙が届いた。

マックスが大臣に相談すると言っていたけど、私なりに高位貴族にアプローチをしていたのだ。

だって大臣からよりも王太子妃自らがお願いしたほうが、効果があるに決まっているもの。

以前の夜会では失敗したから、今度はちゃんと娘にあった年齢の息子がいるか調べた上で、婚約の打診をしている。

いくつかの家に、〝王女の婿《むこ》候補〟という名誉を与えてあげた。あとは娘が気に入った相手をその中から選ぶだけだと思っていたのに……目をつけた全ての高位貴族から断られる。

なんで？　王女と結婚できるのよ？

リリアナは私にそっくりの美貌《びぼう》に戻ったのに、何が不満だっていうのよ！　こんなの――

「不敬罪よ!!」

マックスに言いつけて懲《こ》らしめてもらうんだから！

私は、王太子直々《じきじき》に叱《しか》ってもらおうと、夫に頼む。

ところが――

「サリー、どうして勝手に貴族達に手紙を送ったんだ！　各家から苦情が来ている！」

「苦情!?　どうして！」

「王家の名で婚約の打診をしたせいだ。どうして自分の名前で出さなかったんだ」

「私は王太子妃よ！　王族よ！　王家の名前を出すのは当然でしょう！」

「いや、自分の名前だけで頼むべきだ。あれでは王家の総意と捉《とら》えられても仕方がない」

「でも！」

「父上が各家に詫《わ》び状《じょう》を出してくれなければ、今頃、大変な事態になっていたんだぞ」

「そんなの知らないわよ！」

なんでよ。どうしてマックスまで反対するの。

「サリー、よく聞いてくれ。今、リリアナと婚姻を望む高位貴族はいないのが現実だ。現に君が手紙を送った家々の子息には皆、婚約者がいる。それらの縁を切ってまでリリアナと婚約するメリットはない。諸外国の貴族に嫁《とつ》がせようかとも考えたが、リリアナの教養では無理だと大臣に却下された」

「何を言ってるの？　王女と結婚できるのよ。光栄に思って受け入れるべきでしょう」

「その肝心の王女に価値がないと見做《みな》されているんだ」

「なっ!?」

そんなバカな！　王女よ？　王族なのよ？

なのに価値がないなんて……そんなはずないでしょう！　王女というだけで価値があるわ！

「リリアナは修道院に入れようと思っている」

「はっ⁉」

「結婚相手がいないんだ。他に方法がない」

「な、なら……高位貴族がダメなら……下位貴族はどうなの？」

この際、下位貴族でもいいわ。我慢する。相手の爵位を上げてもらえば問題ない。

「王女の降嫁は侯爵家までだ。それ以下の家柄に嫁《とつ》ぐことは法律で禁止されている」

「……じゃあ、爵位を上げてから結婚させればいいじゃない」

下位貴族から高位貴族になれるんだもの。皆、泣いて喜ぶはずよ。

「どんな理由で陞爵《しょうしゃく》するんだ？　まさか王女を娶《めと》るから位を上げる、とは言わないでくれ。そんなもの、誰も認めない！　そもそも議会で承認されないだろう」

「そ、そんな……」

「もう、どうしようもない。比較的条件のいい修道院を選ぶから、そちらに寄付や訪問をするようにリリアナに伝えてくれ。私から言うよりも母親である君から伝えられたほうが、リリアナも落ち着いて聞けるだろう」

どうしてこうなったの。全てが順調だったのに――

私は男爵家の一人娘として生まれた。

ビット男爵家は建国当初から続く家柄。歴史はあるのに金がない。昔はそこそこ裕福だったという話だが、自分が生まれる遥《はる》か昔の栄光を誇られてもピンとこなかった。

自分の家が貧しいことは理解している。

何しろ古い家柄、屋敷も当然古い。重厚ないかにも古城といった雰囲気で、無駄に広い。その割に使用人の数が少なかった……違う、少なすぎた。それは幼い子供でも分かるほどに。庭は荒れ放題。幽霊屋敷と噂《うわさ》されていた。

両親は笑みを絶やさない人達だったけど、裏で相当苦労しているのが嫌でも分かる。

私は幼い頃から、どうすればこの貧乏生活から脱出できるのかを考えていた。

両親も頑張っているのだろう。でも、努力が必ずしも実らないと教えてくれたのは、彼らだ。

『貴族らしい暮らしはさせてやれないが、家族三人で暮らせることが一番だ』

そう言って聞かされても、納得はできなかった。

私は他の子みたいに〝お茶会〟に参加したい！　綺麗なドレスを着たいのよ！

そんな望みが叶ったのは、母の友人が家族同伴のお茶会に招待してくれた時だ。

彼女は子爵夫人で、うちと違い、その屋敷は綺麗に磨かれていた。子爵夫人の子供は男の子で娘がいなかったので、彼女は私を可愛がってくれる。

加えて、子爵夫人の息子は一つ年上の地味でパッとしない子だったけど、私にはすごく優しかった。上等なドレスや可愛らしい靴をプレゼントしてくれたのだ。

私が『嬉しい。こんなプレゼントは初めてよ』と言うと、次から次へと贈ってくれる。可愛らしく上目遣いでお願いすれば、なんでも言うことを聞いてくれた。

『サリーは可愛い』

『サリーは綺麗だ』

『まるで妖精みたいだ』

彼はいつも私を褒《ほ》め称《たた》えた。

おかげで、私は自分の容姿が人よりも優《すぐ》れていることを知る。

私が可愛いから、色々とプレゼントをくれるのだ。綺麗だから、褒《ほ》めてくれるのだ。

なら、他の子は？

そう考えるのに時間はかからなかった。

『私、他の子とも仲良くなりたい。友達を紹介して』

私が頼むと、彼は自分の男友達を紹介してくれた。

普通は女の子を紹介するはずなのに、運がいいことに、彼には女友達がいなかったのだ。

予想通り、紹介された男の子達も彼と同じように私に優しくしてくれた。我先にとプレゼントを贈ってくる。

私は自分をより綺麗に見せるために、一日中鏡の前で訓練するようになった。

どうすれば男の子にウケがいいのか。どうすれば彼らが自分の思う通りに行動してくれるのか。

研究の結果、分かったのは——

男の子達は素直な女の子が好き。だけど、言いなりになる子は下に見る。ちょっと我《わ》が儘《まま》なほうが可愛いと思う。

その推測は間違っていなかったようで、長じるに従い、私の気を惹《ひ》こうとする男の子達が列をなした。

それと同時に、何故《なぜ》か女の子達からは虐《いじ》められるようになる。

これはハッキリ言って予想外だった。

とはいえ、男の子達に相談すると、大抵の虐《いじ》めはすぐになくなる。しつこい女の子もいたが、私が男の子達の前で涙を見せれば、彼女達はたちまち悪者として退治された。

なんだか、物語に出てくる意地悪な継母と義姉のような人達だ。彼女達が恨めしそうに睨《にら》みつけてきても、周りの男の子達が遠ざけてくれる。彼らに微笑《ほほえ》んでお礼を言えば、それだけで嫌なものが排除されるのだ。

私の世界を綺麗なもの、可愛いもので満たしてくれる彼らは、実に使い勝手がよかった。

だから、欲しいものは両親ではなく男の子達に頼むようになる。

彼らは私を〝お姫様〟にしてくれる、つまり、お姫様を守る騎士であり召使。

忙しい両親は私に友人ができたと喜んでいたものの、その中に女の子がいないのを父は心配していた。

『サリー、女の子の友達も作ってみたらどうだい？』

『お父様は私が前のように虐《いじ》められてもいいの？』

『そんなことはないが……』

『女の子達は私に意地悪をするから怖いの！』

『サリーと仲良くしたい子もいるはずだよ』

『また無視されるわ！　酷《ひど》い言葉を投げつけられるかもしれない！』

そう言って涙をにじませると父は慌てて謝る。

『すまないサリー、そんなつもりで言ったんじゃないんだ』

じゃあ、どういうつもりで言ったのかしら。

そもそも女友達はプレゼントを贈ってこないじゃない。

それに……彼女達は家が貧乏なことを嘲笑《あざわら》うのよ。嫌になっちゃう。言い返したら逆切れされるし。

大体、私は本当のことしか言っていない。綺麗なドレスは私のほうが似合うし、彼女達がブスなのも嘘じゃない。自分がモテないからって私に当たり散らすのは違うでしょう。

その点、母はあっさりしていた。

『王立学園に入れば、自然と女友達ができるわ。無理して相性の悪い子と友達関係になる必要はないわよ』

『それもそうだが……』

『交流の幅を広げるのは学園に入ってからでも遅くないわ』

『う……む』

『学園にはサリーと気の合う女の子もいるわよ。勿論《もちろん》、意地悪なんてしない、いい子がね』

父を言いくるめてくれる母には感謝しかない。定期的に『女友達はできたかい？』と聞いてくる父は流石《さすが》に鬱陶《うっとう》しかったから。

母曰《いわ》く、『お父様は他の男の子にサリーを取られたように感じているのよ。早い話が娘を取られたくない嫉妬《しっと》ね』とのことらしい。男親にありがちな心境だから気にしないでいいと言ってくれた。

ただ、十二歳になったのを機に、何故《なぜ》か子爵夫人からのお茶会の招待状が届かなくなる。幼馴染《おさななじみ》の子爵家の男の子とも疎遠《そえん》になった。もっともその頃には、私とってそれほど大事な存在ではなくなっていたので気にならなかった。

後から知ったことだけど、彼女は気鬱《きうつ》の病《やまい》を罹《わずら》って療養に行ったらしい。

そうして数年後、私は王立学園に入学した。

学園では更に大勢の男友達ができる。

今までの友達とは比べものにならない家柄の人達。

特に上級生の高位貴族は、私に色んなことを教えてくれた。先輩達は身分も高ければ裕福さも桁《けた》違《ちが》いだ。彼らからのプレゼントは、贈り物に慣れている私ですら驚くほどの高価な品々。今まで見たことのない美しい宝石に絹の高級ドレス。

私はそれらに夢中になる。

ある先輩は『サリーの魅力が一層引き立つように』と言って、特注の香水をプレゼントしてくれた。フローラルな香りに少し独特の刺激臭が混じる、とても魅惑的な香り。それをつけると、いつもよりベッドの中で積極的になってしまう。情熱的な夜を過ごせて、便利なものだ。

またある先輩は、新しい友達を紹介してくれた。

先輩達同様に高位貴族の、私と同級生の男。彼らには下位貴族との違いを思い知らされた。皆、洗練されていて魅力的。そして私の欲しいものを沢山《たくさん》くれる。

でも、何か物足りなかった。

その何かが分からないのが、もどかしい。

漸《ようや》く理由が分かったのは、高級ホテルからの帰り道でのことだ。

『泥棒猫!!』

その日、見知らぬ女性に、私は罵倒《ばとう》された。

『貴女《あなた》、誰？』

『私を知らないっていうの？』

『？　知らないけど？』

『私はクロードの婚約者よ！』

『誰それ？』

『ふざけないで！　あんたがクロードに絵を描かせたんでしょう！』

『画家の知り合いなんていないわ』

『あんたのせいでクロードはおかしくなったのよ！』

意味不明。いるのよね。時々、こういった訳の分からない人って。なんなの？

『もしかして、クロード・ファレーのことかい？』

エスコートしていた男友達が、私を庇《かば》うように女性に対峙《たいじ》する。

『そうよ！』

『確かに、以前クロード・ファレーに彼女の絵を依頼した』

『あれから彼がおかしくなったのよ！』

『三ヶ月前かい？』

『そうよ！　あれ以来様子がおかしいの！　ぼんやりしていたかと思えば急に暴れ出して……』

ああ、そういえば私の絵を描かせたいと彼に言われたっけ。

女性の絵を描くのが得意な画家を紹介されたわね。けど、アレは裸体を見せただけだったわよ。てっきりいつものように熱い時間を過ごすものだとばかり思っていた私は、ビックリした。折角《せっかく》、例の香水をつけていたっていうのに！

『……彼は将来を嘱望《しょくぼう》された画家だったな。君、僕が詳しく聞こう。サリー、申し訳ないが、今日は送っていけない』

『えっ⁉』

何？　私を放っていくの？

『御者には伝えておくから、いいね』

彼は優雅に微笑《ほほえ》んだけど、私に拒否権はない。

『……はい』

『いい子だ。この埋め合わせは近い内にするよ』

『ええ』

私は彼と別れておとなしく帰宅した。

彼があの女をどう説き伏せたのかは知らないが、それ以来、その女は見なかった。彼が女の存在などなかったかのように振る舞うので、聞くに聞けない。

でも、そんなことはどうでもよくなる。

足りない何かを理解したから。

男友達――高位貴族の友人達には婚約者がいる。

彼らは婚約者より私のほうが綺麗で可愛いと褒《ほ》めてくれる。プレゼントを山のように贈ってくれて、デートもして、夜の営みをしても……友人達は婚約者のもとに帰っていくのだ。

誰一人として、婚約者を捨てる者はいない。婚約者を捨てて私を選ぶ者はいなかった。

結婚相手としては、貧乏な男爵令嬢ではなく裕福な高位貴族の令嬢を選ぶ。

私のほうが断然美しいというのに。

あの画家に私を描かせた彼は、友人の中で一番身分が高くてお金持ちだ。

その彼の婚約者は伯爵令嬢。

地味で影の薄い女だった。

あんな冴えない女より私のほうが百倍可愛い！　どう考えても、私のほうが彼の隣に立つのに相応《ふさわ》しい美貌《びぼう》を持っている！

そう思った私は、学園の渡り廊下で偶然を装《よそお》い、彼女に近づいた。そして彼女がそこそこ整った顔立ちであるのに気付く。

それでも、私のほうが数百倍綺麗だわ！

あんな真面目で面白味のない女が彼と結婚するのかと思うと、無性に腹が立った。

だって彼は友人の中で最も美形だ。

クールな性格も好みだった。加えて、どの友人達よりも身体の相性がいい。結婚するなら彼がいいと本気で考えていたのだ。

私は彼女の前でわざとハンカチを落とす。そして、小さな声で話しかけた。

『貴女《あなた》の婚約者と親しくさせてもらっている、サリー・ビットです』

伯爵令嬢は見た目も中身もおっとりした少女だった。

私は彼女に一通り彼との関係をほのめかした話を聞かせる。

すると――

『存じております』

意外な答えが返ってきた。

『いつも夜遅くまでのご奉仕、ありがたく思っております』

『……知ってたの？』

『勿論《もちろん》です』

なんだ、知っていたのなら話は早いわ。

『なら、分かるでしょう』

『何をでしょうか？』

『私のほうが彼に相応《ふさわ》しいってことが！』

『相応《ふさわ》しい、ですか？』

『そうよ！』

『私の婚約者は侯爵家の嫡男《ちゃくなん》です。侯爵になる方に相応《ふさわ》しいのは愛玩人形ではありませんよ？』

『はっ!?』

『ビット男爵令嬢がどのような自信を持って侯爵家の嫁に相応《ふさわ》しいと思っているのか知りませんが、高位貴族としての立ち回りが何一つできない女性を選ぶほど、私の婚約者は愚《おろ》か者ではありません』

『な、なんですって！』

彼女の言葉に思わず、私は手を振り上げた。

『それです。そのように本当のことを言われたからと野蛮な行為に走る癖は、到底、高位貴族に相応《ふさわ》しくない振る舞いです』

冷静に言われ、動きを止める。振り上げた手はなんとか下ろしたものの、屈辱《くつじょく》だった。

『お話に伺った通り、素直な方のようですね。ですが、そのように感情の赴《おもむ》くままの行動は貴族社会に適しません。感情のコントロールができない方を正妻に迎え入れる貴族はいないのです。ビット男爵令嬢は学園に入ってもうすぐ一年になりますから、そろそろ将来を見据《みす》えて行動をなさったほうが宜《よろ》しいですわよ。聞き及んだところ、未だに婚約者がいらっしゃらないそうですね……今後のことも考えた上で発言なさったほうが身のためです。勿論《もちろん》、現状のままでいいと考えているのなら、突き進まれてもいいかと思いますが。残りの学生生活を有意義にお過ごしください』

格下の女にいいように言われたのに、何一つ反論できなかった。

そう、私には婚約者が足りないのだ。

悔しい！　家柄がよくて裕福なだけの女に言い負かされるなんて！

彼女は卒業後に彼と婚礼を挙げるという話だ。

彼を今この時に奪ってやれば、この伯爵令嬢を悔しがらせることができるのに。それを想像するだけで楽しくなる。

私は今まで以上に積極的に彼にアプローチした。彼も満更じゃない、うまくいっている、そう思っていたのに――

結局、彼は卒業後に伯爵令嬢と結婚した。

『どうして彼女と結婚するの！』

卒業前に詰め寄った私は悪くない。

あんなに熱烈に愛し合ったのよ？　当然、伯爵令嬢よりも私を選ぶと思うじゃない！

『どうしてって、彼女は婚約者だよ？　結婚するのが当たり前じゃないか』

『じゃあ私は!?』

『サリーは僕の可愛い〝子猫ちゃん〟だよ。僕はもう卒業して会えないけど、代わりを紹介済みだから構わないだろう？』

『婚約者に恋情はないと言ったじゃない！』

『恋情はないよ。だけど愛情がないとは一言も言っていない』

『落ち着き払ってて面白みのない女だって言ってたじゃない！』

『そんなことは言ってないよ。「冷静沈着で真面目な女性」と言ったはずだ』

『同じでしょう！』

『全く違うよ。言葉を歪曲《わいきょく》するのはやめてくれ。それに、この結婚には両家の事業を拡大させる狙いがある。ひいては国への貢献に繋がるものだ。恋愛は〝個人〟でできるが、結婚は〝家〟が絡むもの。それが貴族の婚姻だ』

彼は幼い子供に言い聞かせるかのように言った。

そんなことくらい知っているわ！　その上で私を選んで！

『彼女は次期侯爵夫人に相応《ふさわ》しい教養とマナーを身につけている。僕の自慢の婚約者だよ。先に言っておくが、彼女に僕達の関係を話したところでこの結婚はなくならない。彼女は僕達の関係に目を瞑《つむ》っているから、今更の話だと笑われるだけ。まあおかげで、結婚後は尻に敷かれそうだ』

ははは、と楽しそうに笑う彼に殺意が湧く。

あの伯爵令嬢は私と彼の関係を知っていた。だから見せつけるように彼とスキンシップを図っていたというのに、嫉妬《しっと》一つ見せなかったのだ。そんな冷たい女が彼の妻になるなんて許せなかった。

彼のためにも彼女を排除しようと働きかけたものの、周囲の男達は誰一人として協力してくれない。

それどころか邪魔までされた。

ある時なんか、『未来の侯爵夫人を貶《おとし》める行為は見逃せない』と面と向かって牽制《けんせい》されたこともある。

相手は彼の家の分家の男子学生。

失礼な男だった。

『立場を弁《わきま》えて行動しろ』なんて、偉そうに！　学園の生徒は平等なはずでしょう！

学園が掲《かか》げる〝自主・自立・平等〟を盾に言い返したものの、その男は顔色一つ変えなかった。

それどころか、私に説教までしてきたのだ。

『どうやら君は大きな勘違いをしているようだ』

『なんですって⁉』

『学園が理念を大切にしているのは確かだ。だが、貴族には身分というものがある』

だから何？　身分、身分って！　ほんとに煩《うるさ》い！

『身《み》の程《ほど》を弁《わきま》えないと良縁は望めないぞ。君が親しくしている友人達から何度かすすめられている縁談があっただろう？　何故《なぜ》それを受け入れないんだ。君の年齢で婚約者がいないのは珍しい。それを考慮してくれてるというのに……』

『みんなが紹介する人は、どれも下位貴族や商家風情《ふぜい》じゃない！』

『君の立場に合わせた最良の縁組だと思うが？』

『ふざけないで！　どこが最良よ！　いいとこ子爵位じゃない！』

『……君も男爵令嬢だろう』

『下位貴族どころか、平民の商人を紹介してきたのもいるのよ⁉』

『君は商人とバカにしているが、どこも老舗《しにせ》の大店《おおだな》だ。資産は君の家の何十倍……いや、何百倍もある』

『しかも全員、次男や三男ばかりだったわよ！』

『当然だろう。君はビット男爵家の一人娘。家を継ぐ跡取り娘が婿《むこ》を取るのは当たり前だ』

『侯爵夫人になれるんだったら、男爵家なんて捨ててあげるわよ！　なんでよ！　私のどこがあの女に劣るっていうの⁉　私のほうがずっと女として上よ！　伯爵家の娘ってだけで彼と結婚するなんて許せない！　あの女の取り柄なんて身分だけじゃない！』

不公平よ！　私が男爵家の娘でなく、あの女と同じ伯爵令嬢なら彼は私を選んでいたわ！

『君が自分の美貌《びぼう》に自信を持つのは勝手だ。だが、侯爵夫人は顔だけでやっていけるほど生易《なまやさ》しい立場じゃない。マナーも知らない教養のない品性下劣な女が立つ場所ではないんだ』

能面のような顔で言い放つ男の言葉に、私はキレそうになった。

『私が品性下劣だというの⁉　どこがよ！　あの女なんて性格の悪さが顔に出てるじゃない！』

『高位貴族の夫人や令嬢は、君のように声を荒らげて怒鳴り散らすことはしない。そもそも自分の感情の赴《おもむ》くままに行動するなどあり得ないことだ。もっとも、それは高位貴族だけではなく貴族社会に属する者なら常識だが、君にはその常識すら一切備《そな》わっていないらしい。貴族令嬢が婚約者のいる男と夜遅くまでホテルにこもるなどもっての外《ほか》だ。いや、自分の将来のパートナー以外の男と腕を組むことも、不特定多数の男にすり寄ることも、だ。君のようなふしだらな女は非常に稀《まれ》だ』

『ふ、ふしだ……ら？』

あまりの言いように絶句してしまう。そんなことを言われたのは初めてだった。

『君は先程《さきほど》から身分しか取り柄がないと言うが、かの伯爵令嬢は品行方正だ。学園でも五位以下に落ちたことがないほど成績優秀な女性でもある。それに引き換え、君はどうだ？　下から数えたほうが早い成績なんじゃないか？』

『そ、そんなの関係ないでしょう！』

『大ありだ。高位貴族の夫人はいざとなれば夫に代わって執務をすることだってある。緊急時には当主代理が務まらなければ話にならない。要するに、高位貴族の正妻にはある程度の優秀さが求められるということだ。君には逆立ちしてもできないだろう？　かの伯爵令嬢なら侯爵夫人として完《かん》璧《ぺき》にこなせる』

怒りで顔が赤くなるのが分かった。

あの男は私の成績の悪さを揶揄《やゆ》していた。

優秀さを求められる？　そんなの嘘よ！　高位貴族の婦人なんて、綺麗に着飾ってパーティーやお茶会に出かけてばかりじゃない！

『それと、君が思っている〝性格の悪い顔〟を世間では〝知性ある顔〟というんだ。覚えておくといい』

男はそう言って私の傍《そば》から去っていったのだ。結局、どうにもならず、彼は何事もなかったように結婚した。

おかげで前より理解したことがある。

学園は平等じゃないってこと。

高位貴族と下位貴族の差とやらを、ありありと見せつけられた。

ある高位貴族の令嬢なんて、私と貴女《あなた》とでは何もかも違う世界で生きていると言わんばかりの態度だった。腹が立つ。

私が高位貴族の出身ならあんな女達に蔑《さげす》まれることもないのに、と両親を恨めしく思った。

だが、本命だった彼を失っても、私を褒《ほ》め称《たた》える男友達は多い。

今まで通り、私は甘やかしてくれる友人達に囲まれていた。勿論《もちろん》、高い身分の友人には皆、婚約者がいる。

どんなに甘く囁《ささや》いても最後は婚約者を選ぶ男達。

そんな友人達の姿に、時々、心に穴が開いたような気持ちになった。スースーするっていうか……なんだかモヤモヤする。訳も分からず涙が出ることすらあった。

自分でもおかしいと思う。

こんな気持ちは初めてで……でも、相談する相手がいない。

私が泣けば、友人達は優しく慰《なぐさ》めてくれる。涙をそっと拭《ぬぐ》い、気晴らしに色んな場所に連れていってくれた。笑顔になるようにとプレゼントだって贈ってくれる。

それでも、何かが違うと心が訴えていた。

そんな時に出会ったのが、マックスだ。

マクシミリアン王太子殿下――

出会いは偶然。恋に落ちたのは一瞬だった。

『マックスと呼んでくれ』

そう言った声を、今でも覚えている。

王太子を愛称で呼べるのは家族だけらしい。

それを私に許してくれたマックスが、心の空洞を埋めてくれた。

彼といると、周りが自然と頭を下げる。雑音が一切聞こえなくなった。

王太子なのに、マックスは遊びを全く知らない。デートは私がセッティングしたほどだ。彼はお堅いことしか知らなかった。

国で一番の男性に色々と教えてあげるのはいい気分だ。

私は彼を様々な場所に連れ出す。

ただ、困ったことが起きた。

『君の全てが欲しい。サリーの純潔《じゅんけつ》を貰《もら》ってもいいだろうか？』

デートを数十回重ねた後に言われた内容に、私は驚きを隠せなかった。

既《すで》に私は純潔《じゅんけつ》じゃない。

だけど、マックスには告げられなかった。言ってはいけないと、本能で感じたのだ。

細工をすればどうにか誤魔化《ごまか》せるだろう。

そう考えて、連れていったホテルで雰囲気作りのためと称して、微量の媚薬《びやく》と大量の睡眠導入剤を彼に渡す。マックスが眠ったところで、隠し持っていた血糊《ちのり》をシーツに垂らした。

狙い通り、マックスは私が純潔《じゅんけつ》を捧《ささ》げたと信じた。

こうして私は王太子の恋人になった。

それはいい。

私もマックスも互いに愛し合っているんだから。

問題は私の男友達だ。これから先も関係を続けていくことはできない。何しろ、私は全てを恋人に捧《ささ》げたのだから。頭のてっぺんから爪先《つまさき》まで王太子のもの。

マックスに誤解されるわけにはいかない。

ただでさえ、女達に『男好き』とか『ビッチ』とか『売女《ばいた》』と悪口を言われていたのだ。

モテないブスのひがみだろうが、マックスが真に受けたら大変だ。それに男友達の中に、自分が私の恋人だと勘違いしている人がいるかもしれない。

ちょっと話し合いが必要かな？

そう思っていたのに、いつの間にか男友達――高位貴族の友人は、私の傍《そば》に近づかなくなっていた。気が付いた時には、すっかり疎遠《そえん》になっている。私の周囲には、下位貴族の男友達しかいなくなった。

まあ、彼らのほうが何かと無理な願い事を聞いてくれるから便利だけど……

もう一つ。

『婚約者？　ああ、セーラのことかい？』

『う……ん。どんな人なのか気になって』

『そうだな……王妃に成るべくして生まれたような令嬢かな……』

私は恋敵に興味を持った。

遠目から彼女を見たけれど、なかなかの美人だ。私とは系統の違う美しさで、冷たい印象の女性だった。

マックス曰《いわ》く、『聡明《そうめい》で美しい完璧《かんぺき》な女性』らしい。優秀で婚約者の自分を立ててくれる、と苦笑していた。

その顔を見て、私はすぐにピンときた。

彼は婚約者の侯爵令嬢に劣等感を持っている。自覚はないみたいだけど、私には分かった。婚約者の話をする彼の口の端は必ず少し上がる。それは苦手意識の表れだ。

マックスの癖ね。本人も周りも知らないみたいだけど。

ということは、侯爵令嬢は思っていたよりもバカな女だ。優秀すぎてマックスから距離を置かれているんだもの。

私にとってはチャンスだ。

マックスをうまく誘導すれば、侯爵令嬢との婚約を破棄するかもしれない。そうなれば、私がマックスと結婚できる可能性が出てくる。

私が王太子妃よ。誰よりも上の身分になれる！　誰も私に文句など言えない。

〝彼〟も〝あの女〟も〝分家の男〟も、誰も彼もが私にひれ伏すはずだ。

そもそも、侯爵令嬢だってマックスを愛しているわけじゃないだろう。見ていれば分かった。あれは恋《こ》い慕《した》う女の顔じゃない。

私のほうがマックスを愛しているし、彼も私を愛している。愛し合う私達の邪魔をしているのは侯爵令嬢のほうだ。

婚約破棄されて、あの澄《す》ました女の顔が歪《ゆが》むところを想像すると、私は気分がよくなった。

『——サリーといると肩の力を抜くことができる』

そう言って甘えてくるマックスの笑顔を思い出す。今まで男性に甘えられた経験が少ないせいか、新鮮だ。

それはともかく、高位貴族が離れていく一方で、私が王太子の寵愛《ちょうあい》を得ていると知ると、今まで遠巻きにしていた下位貴族がどんどん周囲に集まってきた。彼らの助けを借り、私はマックスの婚約者に邪魔されなくなる。

事《こと》がスムーズに進みすぎて逆に怖いくらいだった。

あっさり、マックスと侯爵令嬢の婚約は解消される。

想定外だったのは、マックスが侯爵令嬢に慰謝料を払わされたことだ。

その上、侯爵令嬢が伯爵位まで得たと知った時には絶句した。

だって、この国では女性の爵位継承は認められていない。あり得ない事態だ。

そんな未来を想像していたわけじゃない。蹴落《けお》とした女の無様《ぶざま》な姿が見たかったのに。お高くとまった侯爵令嬢がマックスに泣いて縋《すが》りつくのを足蹴《あしげ》にして笑ってやろうと考えていたのだ。

だから、婚約解消された侯爵令嬢がマックスのことを気にも留めていないという噂《うわさ》を耳にした時は、悔しくて信じたくなかった。気位の高い令嬢がやせ我慢しているだけだと自分に言い聞かせる。だって、王太子に婚約を解消されたのよ？　傷付いて立ち上がれないに決まっている。ショックで寝込んでもおかしくない。

『今、両親を説得している最中だ。近い内に婚約を発表しよう』とマックスが嬉しそうに話してくれたから、間違いなく私が王太子妃になる。そうなった時に改めて惨《みじ》めな姿を堪能《たんのう》しようと楽しみに待つことにして、心を落ち着かせた。

そんな私に、またしても想定外の話がもたらされる。

『はっ!?　コードウェル公爵領？　マックスの元婚約者は今、公爵領にいるの？　なんでまた……』

『コードウェル公爵と結婚したからだ』

『結婚!?』

『ああ……』

考えもしなかった話だった。

『急すぎない？　結婚なんて……折角《せっかく》、私の侍女にしてあげて仲良くしたかったのに……』

心にもないことを口にする。

本当は彼女を侍女にして、こき使ってやりたかったのだ。

でも、マックスの前で本心を言うわけにはいかない。

『え？　侍女？　それは無理だよ、サリー。高位貴族は侍女にはならない。なるとしたら女官だ。

まぁ、跡取りのセーラには元々無理だろうが』

『え？』

マックスの言葉が頭の中でぐるぐる回った。

高位貴族の令嬢は侍女になれない？　女官になる？

何それ……下位貴族の私達にとっては、王宮への出仕といったら侍女なのに……。こんなところにまで身分の差があるの⁉　冗談じゃないわ！

『そ、そうなの……王宮のことは詳しく知らないから……』

『いや、いいんだ。これからゆっくりと覚えていけばいい』

『そうね……』

つまらない。

王太子に捨てられた傷物の令嬢。同年代の高位貴族の男には婚約者がいるから、彼女は余り者と結婚するしかないと思っていた。取り巻きの中でも最悪の男の妻にして、笑ってやろうとも考えていたのに。

あの侯爵令嬢の顔は綺麗だ。

下位貴族の男の何人かは『一度でもいいからお相手してほしい』と、酔った時に言っていた。だから、渡してあげようと思っていたのだ。

だって、もう彼女は社交界に出られない。男爵令嬢に負けた女というレッテルを貼られている。

私が正式に王太子妃となった暁《あかつき》には、妃命令で侯爵令嬢の縁組を整えようと予定していたのだ。

あの侯爵令嬢に恩を売れ、皆が幸せになれる計画だった。

そんな多少の想定外の出来事は起こったものの、その後、私はマックスと結婚し、晴れて王太子妃になる。

国王はすんなりと私達の結婚を受け入れてくれた。

やっぱり、我が子は可愛いのね。

まぁ、その他にも結婚前後にちょっとした騒動があったけど、今は落ち着いている。

その騒動の結果、下位貴族の友人が殆《ほとん》どいなくなった。マックスは随分《ずいぶん》沈んでいたが、アレは自己責任よ。彼らが牢屋に入れられたのは、相応のことをしでかしたせいだ。

私達のせいだと激昂《げっこう》する罪人もいたそうだけど、意味が分からない。個人の罪がどうして私とマックスのせいになるの？　人のせいにしないでほしいわよ、まったく。

なのに、マックスはひどく落ち込み、慰《なぐさ》める私は大変なんてもんじゃなかった。

あんな連中はさっさと忘れたほうがいいのに。あの人達と親しかったせいで、私とマックスまで嫌な目で見られるんだから！

そう言って励《はげ》ましたにもかかわらず、マックスはしばらく落ち込み続け、せっかくの新婚生活が暗いものとなったのは、かなり不満だった。

その上、王太子妃になって勉強三昧《ざんまい》の日々が続く。

もっとも、嫌味で怒りんぼうな教師達は皆クビにしてやった。

やっぱり王族は凄《すご》いのね。

そして、結婚十年目に娘が大怪我をする。回復するまでかなりの時間を要したものの、こちらも全てが元通りになった。

娘のために訪れたボーテ王国は美容大国だけのことはある。私は目新しい化粧品の数々に圧倒された。

リリアナの手術のついでにちょこっとだけ、私も弄《いじ》ってもらったわ。あちらの国では、プチ整形と言うらしい。十歳くらい若返った気がする。

自慢の顔に磨きがかかった私は、意気揚々《ようよう》とティレーヌ王国の王宮に凱旋《がいせん》した。当然、歓迎の夜会が開かれる。

なのに……なんでマックスの元婚約者が出張《でば》っているの？

私にひれ伏すべき立場のはずの女が、挨拶《あいさつ》にも来ない。そのくせ、国王とは仲良く喋《しゃべ》っていた。

なんなの？　彼女とその夫が現れてから、皆が私を無視している。

しかも、その娘が帝国の皇子と婚約ってどういうこと！　私の娘には未だに婚約者が決まらないのに！

マックスはついに娘を「修道院に入れる」なんて言い出す始末。

冗談じゃないわ！

結婚相手がいないなら、作ればいいじゃない。相手に婚約者がいるからって何よ。まだ、結婚していないなら、問題ないわ。

そうよ、どうしてもっと早く気付かなかったのかしら。婚約者持ちでもいいなら、高位貴族の男が沢山《たくさん》いる場所がある。

こうしてはいられないわ。早く手続きをしないと。

その前に、マックスに相談しないといけないわね。

でも……今言うと反対されるかもしれない。ああ、修道院に寄付するという話があったから、その後で話を進めようかしら。

……そうね、修道院入りする前の思い出作りとでも言えばいいわ。マックスも納得するでしょう。

あれでもリリアナを溺愛《できあい》しているんだから。

私はリリアナを王立学園に入れることを決めた。

これならば、学園に恩も売れるし悪くないわね。久しぶりの王族の入学だもの。学園も泣いて喜ぶはずよ！


〈とある修道院の院長の話〉


ここ最近、溜息《ためいき》が増えていた。

原因はこの国の王女だ。

彼女の名前で定期的に修道院に寄付金が送られてくる。

それはいい。とても助かっている。

だけど……問題があった。

その寄付金の額が多すぎるのだ。

どうやら王女は寄付の仕方を知らないらしい。

「本人が、熱心に寄付をしている敬虔《けいけん》な王女というポーズを取れている、と思っているのも問題だわ」

「寄付はこの修道院へ入るための布石ではありませんか？」

副院長が恐ろしいことを言う。

けれど、あの王太子夫妻の娘、あり得る話だった。

「かもしれないわね。もっとも、候補はうちだけではないようだけど……」

「そうですね。うちを入れて数ヶ所の修道院に、急に寄付を始めたと聞きます」

「どこもお金を渡すだけで、『してやった』という顔をされているそうね」

「規格外の大金を、ですよね？」

「そうらしいわ。何人かの教会関係者が王女の寄付金を着服した容疑で捕まったそうよ」

「王家は王女に教育を施《ほどこ》さなかったのでしょうか？」

「どうかしら？　王女が特殊《とくしゅ》なんだと思うわ。母君の王太子妃は妃教育が未だに身につかないようだし……」

「母君の血筋というわけですか」

「どんな田舎《いなか》貴族でも王女のような非常識な寄付はしないから、そうとしか考えられないわね」

貴族だけじゃない。裕福な商人でも王女のような無茶な寄付はしない。普通は小分けにして、必要な時に必要なものを贈ってくる。王女のような大金を寄付するのは、成り上がりの無作法者のすることだ。とても一国の王女の行為とは思えない。

寄付金が入ったケースに王家の紋章が描かれていなければ、どこぞの裏組織の人間からの付け届けかと勘違いしてしまっただろう。

「王女からの寄付をやめさせてはどうですか？」

「承諾すると思う？　場合によっては責め立てられるかもしれないわ」

「それは……」

副院長が言《い》い澱《よど》む。

無理もない。

断りを入れる先は王太子一家。苦言が果たして聞き届けられるか……こちらの意図を勝手に解釈される恐れが濃厚だ。

あの慣例破りの常習犯達が素直に人の話を聞いてくれるとは思えなかった。

「宰相閣下に手紙を送りましょう」


〈宰相の話〉

修道院から苦情が届いた。

王女の寄付金が多すぎ、そのせいで悪心を起こす者が現れないとは限らず、そうでなくともあらぬ疑いをかけられそうだ、と。

王女の名前で寄付をしたらいいと提案したのは私だ。

だが、まさか気に入った修道院にだけに集中して、常識外れな額の寄付をするなど、誰が思うか！

王太子殿下は何をしているんだ！

私は我慢できず、不敬にも王太子殿下を呼び出した。

「すまない、宰相。手間をかけさせた」

首を垂れる殿下に、強くは言えない。

「……修道院に寄付をするのはお控えください」

「ああ……。まさか寄付の仕方を知らないとは思わなかった」

私もだ。

だが、おそらく王太子妃は正しい寄付の仕方をご存じない。

あの手の女性は、寄付をするくらいなら自分で使う。目の前にいる殿下が知っているかどうかは分からないが、王妃もまさにその典型的なタイプ。嫌でも想像がつく。

私がこんなことを考えていると知れば、あの王妃のことだ。チェスター王国一の美貌《びぼう》と謳《うた》われた美しい顔を歪《ゆが》め、「高貴な自分が卑《いや》しい男爵家出身者と同じだと言うのか!?」と甲高《かんだか》い声で叫ぶだろう。

思えば、チェスター王国より嫁《とつ》いできたばかりの頃の王妃は、絶世と称《たた》えられるほどに美しかった。しかし、その美貌《びぼう》こそ内外で高く評価されているものの、それ以外の面においては一国の王女とは到底思えない人物だ。

妃としての公務の半分を放棄して、自由奔放《ほんぽう》に振る舞う。機嫌が悪いと、周囲に当たり散らす。時には手をあげることもある。

諸外国に招かれた際も、傲慢《ごうまん》で不遜《ふそん》な態度が目に余った。おかげで、我が国の王妃の評価はおそろしく低い。王族としての品格を何度疑われたことか。

当初はチェスター王国の王女を歓迎した数多くの貴族達も、早々に失望を露《あら》わにしたのは言うまでもない。

なまじ、国王陛下の元婚約者が優秀だったからこそ、その落胆は激しかった。

――エリーゼ・コードウェル公爵令嬢。

現国王陛下の最初の婚約者。

彼女は優秀で優しく、美しかった。

勿論《もちろん》、容貌《ようぼう》だけならば王妃のほうが上だろう。

しかし、それ以外の全ての面でエリーゼ様は王妃に勝っていた。

その上、陛下とエリーゼ様は相思相愛の婚約者同士だったのだ。

周囲まで幸せにしてくれるような完璧《かんぺき》なカップルを壊してまで得たのが、我が儘《わがまま》でなんの役にも立たない王女……

それでも、当時の我が国は困窮《こんきゅう》していて、チェスター王国の王女を娶《めと》るしか道がなかったのだ。

分かっていても後悔は後から波のように押し寄せてくる。

陛下はきっと今でもエリーゼ様を大切に想っているのだろう。彼女の月命日には好きだった花を部屋に飾っている。

その習慣を王妃も知っていた。

だからこそ、亡くなった公爵令嬢を未だに憎んでいる。

死してなお、陛下の心を捕えて離さないエリーゼ・コードウェル公爵令嬢を心の底から恨んでいるのだ。

一目惚《ひとめぼ》れした陛下に無理やり嫁《とつ》いだ王妃は何年も子供ができず、周囲から冷ややかな目で見られていた。その上、公爵令嬢が死んだのは王妃のせいだと噂《うわさ》されてもいた。

彼女も辛《つら》かっただろうことは想像できる。

一国の王女なので冷遇こそされなかったが、親しい人間は殆《ほとん》どいなかったに違いない。

だとしても、王妃の態度には我慢できないものがある。

我が王家は呪われているのではないか？

よからぬ女性ばかりが嫁《とつ》いでくる王家を思って、私は溜息《ためいき》をついた。


数日後。

更に頭の痛い問題が起きた。

王太子夫妻が王女殿下を王立学園に編入させると言い出したのだ。

大臣達を集めた席で話を聞いて毒づく私を、他の大臣が宥《なだ》める。

「クソが……」

「下品だぞ」

「上品に話し合っている場合か？　あの王女殿下に何を学ばせる気だ？」

「学ぶというよりも、結婚相手を探しにいかせる気なんだろう」

「本気か？」

「王太子妃はそのつもりだろう」

それが本当ならバカげた話だ。

そんな私や他の者達の呆《あき》れと嘆《なげ》きも知らず、王女殿下は学園に編入した。

しばらくして、王太子夫妻に怒鳴り込まれる。

「どういうことだ、宰相！」

「今度はなんでしょう？」

「リリアナのクラスに下位貴族しかいないのよ！　どうしてよ！　どうして、高位貴族が一人もいないのっ！」

ヒステリックに喚《わめ》く王太子妃の声が頭に響く。もう少しボリュームを抑えられないのか。

「王女殿下が下位貴族並だと判断されただけです」

私の言葉に王太子妃は涙目になった。

「わ、私の実家が男爵だから？　だからリリアナを差別するのね！　酷《ひど》いわ!!」

わっ、と泣き出した王太子妃は役者だ。事情を知らない者が見たら〝悲劇の女性〟と思うだろう。

「宰相、リリアナは王族だ！　それがどうして下位貴族クラスになるんだ!!」

……学園の資料を読まなかったのだろうか？

もう相手にするのが疲れてきた。

「学園では主に高位貴族が入る成績優秀者達と下位貴族がいる学力が低い者達とで学ぶ建物が別になっています。入学テストで各個人に見合ったクラスに分かれるのです」

「「え!?」」

驚愕《きょうがく》に満ちた王太子夫妻の表情から察する。

知らなかったのだ。

学園の資料を、両親揃《そろ》って読んでいないとは……

「な、何故《なぜ》だ！　私達の時は成績によるクラス別けなどなかったぞ!?」

「はい。殿下の時は皆が同じ学舎でした。身分や成績にかかわらず、より多くの者達と交流できるようにという、学園側の教育方針を尊重していたのです。しかし十数年前に、一部の学生の誤った認識のせいで多くの悲劇が起こりました。それ故《ゆえ》に、学園は大きく改革をしたのです。元々、高位貴族と下位貴族とでは入学時点の学力が違います。貴族としての心構えや考え方も……。勿論《もちろん》、やりすぎではないかという意見もありましたが、『不穏分子《ふおんぶんし》に秩序《ちつじょ》を乱されないための措置《そち》』だという理事達の意見に、皆様、納得しております」

自覚があるのだろう。マクシミリアン殿下が俯《うつむ》いた。

ところが、王太子妃は納得していない顔だ。

「それならリリアナはどうなるの⁉　王族よ！」

「……編入試験の結果です。立ち居振る舞い、資質、覚悟、教養、ありとあらゆる面において下位貴族程度と判断されたのでしょう。編入にあたり、お伝えしたと思いますよ。『王族の試験は高位貴族よりも厳しい目で見られますので覚悟して望んでください』と」

「そんな！　なんのためにリリアナを編入させたと思っているのよ！」

「学友と勉学に励《はげ》んでもらいたいからでは？　編入時の面接ではそのように発言なさっていたと聞き及んでおります」

「～～～～……っ」

蒼白《そうはく》な王太子と、怒りで真っ赤な王太子妃。

まだ言い足りない様子の王太子妃を宥《なだ》めすかして部屋に戻るマクシミリアン殿下の背中は、哀愁を漂《ただよ》わせていた。

同情は一切できないが、殿下は女運が悪いに違いない。

母親然《しか》り、妻然《しか》り、娘然《しか》り……

殿下は未だにご自分が国王として即位できると思っている。既《すで》に殆《ほとん》どの貴族が次の国王はコードウェル公爵だと見ているというのに。

いや、理解はしているはずだ。もしも、自分が王位を継いでも短期間の中継ぎにすぎないということは。

オルヴィス侯爵令嬢と婚約解消した時からそれは決まっていた。

思えば、殿下は可哀想な立場だ。

漸《ようや》く生まれた王家待望の王子。なのに、なかなか婚約者が決まらなかった。

彼は国王陛下に似た美貌《びぼう》で才気煥発《さいきかんぱつ》、明るく優しい少年だった。

けれど、母親である王妃の日頃の行いが悪すぎて、婚姻を結びたいという貴族が現れない。頗《すこぶ》る評判の悪いあの王妃が姑《しゅうとめ》になるのだ。どこの家も尻込みした。野心家な夫が名乗りを上げようとするのを奥方が離縁してまで娘を守ったと聞くほどに。

オルヴィス侯爵令嬢との婚約が王命によって締結されなければ、王太子殿下はずっと婚約者がいないままだったに違いない。

生贄《いけにえ》を捧《ささ》げるように強要された運の悪い家――オルヴィス侯爵家には、申し訳のないことをした。最後まで婚約に反対していた先代オルヴィス侯爵の行き場のない怒りは、今思い出してもすさまじいものだった。王国のためという名目の綺麗ごとを駆使して説得したが、終始憎悪をこめた目で見られたものだ。

先代オルヴィス侯爵は孫娘がコードウェル公爵令嬢と同じ目に遭《あ》うのではないかと危惧していたのかもしれない。もしくは、親友の娘の死に関与しているかもしれない王妃のもとに孫娘を嫁《とつ》がせたくなかったたか。

王太子妃が男爵家の身分でマクシミリアン殿下と結婚できた背景には、先代オルヴィス侯爵の強い後押しがあった。

先代オルヴィス侯爵の王家への恨みは深い。

私は王女の学園生活が何事もなく終わってくれることを願った。

第五章　愛の日々

〈王女の話〉

初めて見た時から、あの女が嫌いだった。

キャサリン・コードウェル公爵令嬢——王家の血を引く公爵家の娘。

出自だけでも苛《いら》つくのに、王立学園にはあの女を賛美する者で溢《あふ》れている。彼女がいるのは別の建物なのに、クラスメート達はさも見てきたかのように素晴らしい淑女だと褒《ほ》め称《たた》えた。

そもそも、私は高位貴族側の人間だ。

なのに、あっちの校舎に行こうにも、門番が入れてくれない。

私を誰だと思っているの！　ふざけてるわ！

お父様にお願いしてもダメだ。

「リリアナの気持ちはよく分かった。だが、高位貴族のクラスに入るには結果を出さなければならない。せめて今のクラスでの成績を三位以内にキープできるようにならないと、文句は言えないんだ」

クラスで三位なんて無理に決まってるじゃない！　どうしてそんな意地悪を言うの？

「それくらいじゃないと向こうの授業にはついていけない。いや……三位であっても、高位貴族の中では下の成績になるだろう」

お父様曰《いわ》く、身についている知識のレベルが違いすぎるということだ。天と地ほどの差がある、とまで言っていた。

言いすぎじゃない？

でも、あっち側の生徒は最低でも三ヶ国語は話せるとクラスメートに聞いたことがある。あながち間違いでもないのかもしれない。

仕方なく、王族の権限でどうにかできないかと直談判したが、相手にもされなかった。

なんて失礼な連中なの！

しかもその話し合いの席で、あの女が学年一位の成績だと聞いてしまう。生意気よ！

最近じゃ、お母様までお父様と一緒になって「勉強しろ」と煩《うるさ》い。

「コードウェル公爵令嬢に負けて悔しくないの！　リリアナが本気を出せば、すぐに公爵令嬢なんて追い抜けるわ！」

あんまり煩《うるさ》いから仕方なく勉強に取り組んでみたものの、やっぱり面白くなかった。

元々、勉強は嫌いだったから飽《あ》きるのも早い。

だいたい週一で小テストがあるなんて聞いてないわよ！

結果の伴《ともな》わない無意味な勉強をするよりも、クラスメート達と遊んでいるほうが楽しい。特に男子生徒は私が少し笑顔を見せるだけでちやほやしてくるし、女子生徒もペコペコする。

そんな日々の中、帝国の第二皇子が留学してきた。

聖ミカエル帝国。それは千年の歴史を誇る大陸の覇者《はしゃ》である。

そんな大国の第二皇子。超大物がこの国に来た。

王宮は第二皇子の歓迎パーティーにてんやわんやらしい。

大勢の貴族がパーティーに招待されているが、王太子一家は呼ばれなかった。

「社交界デビューをしていない子女は参加できないのが決まりです。一定のマナーが身についていない方も不参加にせざるを得ません」

そう侍従に言われる。

確かに私は未だに社交界デビューをしていない。

とはいえ、パーティーは夜。こっそり紛《まぎ》れ込《こ》むのは実はそんなに難しいことじゃない。

王宮は外からの出入りは厳しいけど、中からの侵入は簡単だ。髪色の違う鬘《かつら》を被ってメイクを変えれば、王女だとバレない。

「――ふふっ。今日は口元の左下に黒子《ほくろ》を付けていこう」

黒子《ほくろ》を付けていると更にバレにくいのよね。お母様が教えてくれたけど、こういうのを印象操作って言うらしいわ。人は印象に残りやすい場所しか認識しないから、そこが違うと同じものだと判断しにくいんですって！　便利よね。

私はお母様もパーティーに誘った。なのに、断られてしまう。

『お母様は王太子妃として有名なの。鬘《かつら》や黒子《ほくろ》くらいじゃ誤魔化《ごまか》せないのよ』

そう言って、珍しくしょんぼりしていた。

『若い内は色々と冒険が必要よ！　お母様のことはいいから、楽しんでらっしゃい。でも、くれぐれも悟られないようにするのよ』

それなのに、私を笑顔で見送ってくれる。

三十をとうに越えているというのに、お母様の若々しく愛らしい美貌《びぼう》は今も健在だ。その無邪気な微笑《ほほえ》みは愛らしくも艶《なま》めかしくもあり、同性である私ですら一瞬ドキッとした。

歓迎パーティーは盛大だった。

ティレーヌ王国では珍しい黒髪に神秘的な紫の瞳。威圧感を抱かせる他の追随《ついずい》を許さない高貴な佇《たたず》まい。パーティーの中心にいる彼が誰なのか、私にはすぐに分かった。

今日の主役であるルドルフ・ヨーゼフ・ラ・ミカエル第二皇子だ。

美形など見慣れている私ですら、彼の容姿から目が離せなくなる。だから、氷のように冷たいその美貌《びぼう》が隣にいる少女を見る時だけ柔らかくなることに気付いた。雰囲気も甘くなる。

ルドルフ第二皇子の隣にいるのは、銀髪に青い瞳の少女だ。

彼女が誰なのか、知らない。

シャンデリアによってキラキラと星のように輝く銀髪、深海を思わせる青い目、清廉《せいれん》な容貌《ようぼう》。スラリとした肢体は女としての魅力が乏《とぼ》しいものの、それを差し引いてもすごい美貌《びぼう》の持ち主だ。

自分とは系統の違う美人だから素直に美しいと認められる。身近にはいないタイプ……

彼女は誰なのだろう？

今まで何度かお母様の協力で夜会に忍び込んでいたが、見たことがない。

ルドルフ第二皇子の妹にしては容姿が違いすぎるし、醸《かも》し出《だ》している雰囲気が兄妹のそれではない。

彼女についてあれこれと考えていると、ファンファーレが高らかに鳴り響く。

国王の入場だ。

私は慌てて国王から見えない場所に移動する。

実の祖父とはいえ、国王は苦手だ。会う回数は年に片手の数にも満たない。あの観察するような目が好きになれなかった。あの視線は両親にも及んでいたから、余計に苦手意識を持つようになったのかもしれない。

お母様も『お爺様は意地悪なの』と言う。『お母様達を社交界に出してくれないのよ。本当に酷《ひど》い人だわ』と嘆《なげ》く姿を幼い頃から見てきた私は、はっきり言って祖父が好きではない。

「――今宵《こよい》は聖ミカエル帝国の第二皇子殿下の歓迎会である。ルドルフ殿下、王立学園の入学おめでとう。よき学友と出会い、共に切磋琢磨《せっさたくま》し、友情を育《はぐく》んでくれることを願う」

「ありがとうございます。ティレーヌ王国が私の望みを叶えてくださったことに、大変感謝しております」

「我がティレーヌ王国と聖ミカエル帝国の友好の象徴ともいえるルドルフ殿下とコードウェル公爵令嬢の婚約は、両国の希望になるだろう」

その言葉に、銀髪女が国王の前に進み出て、優雅なカーテシーを披露した。

「国王陛下。私、キャサリン・コードウェルはティレーヌ王国を代表し、両国の懸け橋となれるよう努力して参る所存でございます」

はぁ!?　あの銀髪の女がキャサリン・コードウェル公爵令嬢！　憎たらしい女が第二皇子の婚約者ですって!!

今まで噂《うわさ》を聞いて苦々《にがにが》しく思っていた女が目の前にいる事実に、私は唖然《あぜん》とするしかなかった。

荒れる私の気持ちにもかかわらず、音楽が流れ始める。

最初にダンスを踊ったのはルドルフ第二皇子とコードウェル公爵令嬢だ。

二人のダンスが終わると、大勢の人々が互いのパートナーと踊り始めた。

色とりどりのドレスが幾重《いくえ》にも回り、華やかさを演出している。中でもあの二人は、一際《ひときわ》周囲の目を惹《ひ》いていた。

容貌《ようぼう》の美しさが目立ってのことではない。

会場の誰よりも優雅に軽やかにステップを踏む姿に、皆が見惚《みと》れているのだ。特に年頃の令嬢達は、羨望《せんぼう》の眼差《まなざ》しで踊る二人を見つめている。

ルドルフ第二皇子があの女を見つめる視線はひどく優しく甘い。あの女も嬉しそうに微笑《ほほえ》み返《かえ》している。

愛し合う恋人同士のような二人に、私は訳も分からずイライラした。今すぐ飛び出して皇子と女を引き離したい衝動に駆られて、奥歯を噛み締める。

「息がぴったりだな」

「お似合いの二人だわ」

「キャサリン嬢は母君に似ているね。王立学園随一《ずいいち》の才女だそうだ。帝国に嫁《とつ》いでも、遺憾《いかん》なく才能を発揮して両国の発展に尽力してくれるだろう」

「本当に。ルドルフ殿下がキャサリン嬢を溺愛《できあい》なさるのも分かりますわ」

感嘆の声が嫌でも耳に入る。

あの女は社交界での評判も頗《すこぶ》るいいらしい。余計に腹が立って仕方ない。

王太子の娘が忍んでいるというのに、あの女が堂々と夜会に参加していることにも苛立《いらだ》ちが募《つの》った。

どこまでも苛《いら》つく女を苦々《にがにが》しく見ていると、一際、声を潜《ひそ》めて話をしている男の集団に気が付く。

「コードウェル公爵家が掌中《しょうちゅう》の珠《たま》である一人娘を帝国に嫁《とつ》がせるとはな」

「これでますますコードウェル公爵家の時代が近づいたということか」

「いや、元々ルドルフ殿下とコードウェル公爵家の娘は幼馴染《おさななじみ》だ。その関係性を考慮する必要があるのでは？」

「だからだろう。帝国とのパイプが太いのは王家ではなく、コードウェル公爵家だ。近い内に勅諚《ちょくじょう》が出るという噂《うわさ》は眉唾《まゆつば》ではなさそうだな」

「では……いよいよ、ということか」

「ああ。水面下でどこまで話が進んでいるかは知らんが、ある程度はまとまっているんだろう」

「コードウェル公爵家の子供達は皆、優秀だ。どこかの誰かと違ってな。次の御代《みよ》には希望が持てそうだ」

「違いない。卑《いや》しい者達に王宮で我が物顔をされているのは不愉快極まりないからな」

上機嫌に笑う男達。

何を言っているのかさっぱり理解できなかったけど、あの女の家族の話だということは辛《かろ》うじて分かる。それだけで気分が悪いので、充分だ。

この話をきちんと理解していたら……、と後々まで悔いることになるなど、この時は想像もしていなかった。


歓迎パーティーの翌日から、王宮はルドルフ皇子とコードウェル公爵令嬢の話題で持ち切りになった。

あの女は人を苛《いら》つかせる天才だ。

「——初めてコードウェル公爵令嬢を見たが、母君にそっくりだったな」

「気高い美貌《びぼう》に洗練された物腰。ああ、かの令嬢が王家の姫君だったらな」

「おい、それは禁句だろ！」

「あ……」

「まあ、気持ちは分かるけどな。同じ王家の血を引いているといっても、本物は劣り腹だ。公爵令嬢のほうがよっぽど王女らしい血統だ」

「母君は王国屈指の侯爵家の出身、父君のコードウェル公爵は王家の血を濃く引いた王位継承権持ちだ。ご本人の気質や能力を考えても、どちらに正統性があるか、一目瞭然《いちもくりょうぜん》だろう」

「血筋が劣っているんだから、せめて有能であってほしかったぜ」

「ははっ！　それは無理というものだ。あの方の子だぞ。能力も劣るってものだ」

「王族の唯一の取り柄が顔だけとは、情けない話だ」

「おいおい、顔だけじゃないぞ。あの母親に似て素晴らしいプロポーションじゃないか」

「確かに！　あれはいい。見ているだけで、ご褒美ものだ！」

「それ、不敬にならないか？」

「誰かが密告しない限り平気さ」

「だが、こんな場所で話すのは控えたほうがいい。誰かが聞き耳を立てていないとも限らないからな」

「そりゃそうだ。こんな割のいい仕事をクビにされたらたまらない」

「二人の女主人を適当に褒《ほ》め称《たた》えておけばいいだけだからな」

「お前な、ちゃんと見回りもしろよ。この前もサボってただろう？」

「そんなことはしてない。代わってもらっただけだ。ノットの奴、王太子妃や王女の護衛を苦手にしてるからな」

「好きこのんで彼女達を護衛したい奴はいないだろう。いつ癇癪《かんしゃく》を起こされるか分かったものじゃない」

「女は褒《ほ》めてナンボだ。適当にヨイショしとけばいいじゃないか」

「はぁ～～～。ノットはそういう行為が特に下手だからな」

「真面目な奴にここはあってないぜ。いっそのこと、王太子一家付きの護衛になるための最低条件に〝口がうまくて見た目のよい男〟ってしたほうがよくないか？」

「……そんなことはできないが……実際その通りだな」

「俺としては楽な仕事で天職だと思っているけど、大半の奴らはそうじゃないし」

「お前も真面目に考えることがあるんだな」

「俺だって仲間が精神を病《や》む姿は見たくないぜ」

護衛の男達は仕事をそっちのけで話に花を咲かせていた。

心底腹が立つ。本物の王女である私よりも、公爵令嬢にすぎないあの女のほうが王女らしいと言っているのだ。

けれど、血筋が悪いのは本当のことだった。私にとっては自慢の母も、王宮の貴族達にしてみれば〝身分の卑《いや》しい女性〟になってしまう。

それを覆《くつがえ》す術《すべ》を私は持っていなかった。

――妬《ねた》ましい。

生まれて初めて誰かを妬《ねた》み羨《うらや》む。

あの女――キャサリン・コードウェル公爵令嬢は、私が欲しいものを全て持っているみたいだ。

どうして彼女に嫌悪感を覚えるのか、この時、はっきりと分かる。

全てを兼《か》ね備《そな》えた〝完璧《かんぺき》な王家の血を引く令嬢〟であるキャサリンは、私が何よりも求めている

〝王女としての尊敬〟を持っているのだ。

彼女の存在そのものが妬《ねた》ましい。

しかもキャサリンは、私が欲しいと思った男まで手に入れている。ルドルフ第二皇子という婚約者を。

「一つくらい私に譲るべきだわ」

ルドルフ第二皇子との結婚は私がしてもいいだろう。

相手は王族。私がキャサリンの代わりに帝国に嫁《とつ》いだほうがいいんじゃないだろうか。

曲がりなりにも私も王族、王太子の娘。正式な王女が他国の皇子と結婚しても、何も問題ないわ。

護衛達の話では、帝国と公爵家は親しいみたいだけど、その結びつきを王家のものにできれば祖父だって喜ぶに違いない。国王の直系の孫娘のほうが相手にとってもいいはずよ！

帝国と公爵家の婚約を取りやめさせるのが容易ではないことは、私でも分かる。

でも、婚約者の女性に瑕疵《かし》があれば？

それが外に漏れてはまずいものだったら？

本人にとっても、家にとっても、隠し通さなければならないほどの瑕疵《かし》だとしたら？

絶対に婚約はなくなる。

あの女をなんとしても蹴落《けお》とさなければならない私は、作戦を練《ね》る。

まずは夜会で彼女の悪い噂《うわさ》を流した。けれど誰も本気にしないし、噂《うわさ》の出所が私だと知ると懐疑的な目を向けてくる。

学園でも社交界でも評判のいいキャサリンを貶《おとし》めるのはなかなか難しかった。

仕方がない。だとすれば、この手しかないだろう。

私は最終兵器を使うことにする。

幸いなことに、キャサリンは私の男友達にも人気が高かった。

「――ねぇ、貴方達。前に言っていたわよね。『一度でいいから公爵令嬢と遊んでみたい』って」

「……いや、王女様……それは……」

「え……と。言葉のアヤで……」

「邪《よこしま》な気持ちは……」

私に侍《はべ》るクラスの男子生徒達にあの女に対する気持ちを確認すると、彼らはよく分からない言い訳じみた言葉を並べ始める。

そういうの、今はいらないのよね。

「今更、隠す必要はないわ。何度も聞いているもの」

「「「……」」」

溜息《ためいき》をつく私を、彼らは絶句して見つめる。

「私が聞きたいのは、もし、それが実現できると言ったらどうする、ってことよ」

「「「……え？」」」

「うまくいけば、この中の誰かが伯爵程度にはなれるかもしれないわね。何しろ、あの家は爵位をいくつも持ってるんですもの。そうなれば一気に筆頭貴族の仲間入りかしら？」

そう言って煽《あお》ると、彼らは一斉に目を輝かせた。

男って単純よね。これで彼らは私の思う通りに動くでしょう。バカな連中だわ。

でも、嘘は言っていないわよ。

男達に蹂躙《じゅうりん》されて傷物になった女なんて、いくら公爵令嬢でも帝国の皇子妃にはなれないもの。他の男に嫁《とつ》がせても、純潔《じゅんけつ》じゃないのはすぐにバレる。まともな結婚なんて絶対にできない。なら、関係を持った男達にあてがうしかないと判断するはずよ。「キャサリンのことをバラされたくなかったら婿入《むこい》りさせろ」とでも交渉して、うまい具合に爵位を上げるチャンスじゃない。

一方、傷物になった女なんてルドルフ皇子もそっぽを向くに違いないわ。身分の高い人ほど、体面にこだわるもの。

そもそも傷物の令嬢なんて、領地に追いやられるでしょう。二度と王都に姿を見せることすらできない女と結婚しても、困るだけ。

キャサリンを失ったルドルフ第二皇子を慰《なぐさ》める王女。

私はそんな恋物語を演出すればいい。一時は世間が煩《うるさ》く言うかもしれないけど、結婚さえしてしまえばこっちのものよ。噂《うわさ》なんて時間と共に消える。

邪魔な女はいないのだ。私はゆっくりとルドルフ第二皇子と過ごせばいい。

ふふふ。私が帝国に輿入《こしい》れする時は、王国中の貴族を呼び寄せて盛大なパーティーを開催しようかしら。その時は、キャサリンも出席させてあげるわ。私とルドルフ第二皇子との門出を祝ってもらわないと！　私がルドルフ第二皇子の妃になる瞬間を目に焼き付けて、死ぬまで悔しがればいい。

それとも悲しむかしら？

歪《ゆが》んだ顔で嫉妬《しっと》する？

その時の彼女の顔を想像するだけで、私は自然と笑顔になった。

□□□

学園から突如、連絡が来た。

リリアナを含めた何人かの生徒が問題を起こしたようだ。「至急、学園に来られたし」との伝達を受け取る。

リリアナが癇癪《かんしゃく》を起こして学園の備品でも壊したのか？

いや、そんな些細《ささい》なことを、わざわざ早馬を使って知らせはしないだろう。

「何？　何があったの？」

サリーも困惑している。

「分からない。だが、学園の使者はかなり慌てていた。不測の事態が起こったと考えたほうがいい」

「リリアナに何かあったの⁉」

「それも分からないんだ。詳しい話は学園でとのことで……」

「なら急ぎましょう！」

サリーに急《せ》かされて、私は馬車に乗り込んだ。

準備されていたのは装飾品を一切省いた黒塗りの馬車だ。そのことに不安がよぎる。

リリアナのことで頭がいっぱいのサリーは気付いていないようだが、王族が関係していることを知られたくない事態が起きたとしか思えない。

リリアナは何をしでかしたんだ……

学園に到着すると、裏口から入るようにという指示があった。

ますます嫌な予感がする。

王太子夫妻に「裏から入れ」と言ってくるようなことなのだ。尋常《じんじょう》ではない。

何が起こったんだ!?

おそらくその中心にいるのがリリアナなのだろう。

日頃使っていない裏門付近は鬱蒼《うっそう》として、門が草に覆《おお》われていた。私達を待っていたのだろう、一人の教師が立っている。

「王太子ご夫妻、ここからは私が案内いたします」

私達はそのまま奥に案内された。

廊下はうす暗く、学園にこのような場所があったことを初めて知る。裏口は人が通らない場所にあるから仕方ないのかもしれないが……

前を先導する教師は一言も喋《しゃべ》らない。それが一層問題の深刻さを物語っているようだ。しばらく歩き、漸《ようや》く教師の足が止まる。どうやら目的の場所に着いたらしい。

教師がノックを二回して、静かに扉を開けた。

「どうぞお入りください」

言われるまま部屋に入ると、リリアナが不貞腐《ふてくさ》れた顔で座っている。他には、同級生だろうか？

数名の男子生徒とその家族らしき人々、数名の教師、この学園の理事長、そして何故《なぜ》か医師団がいた。

一体、何があったんだ⁉

……この部屋の雰囲気は異常だ。

引きつった表情の教師達と、侮蔑《ぶべつ》を隠そうともしない医師と看護師。男子生徒達は揃《そろ》って青ざめ、今にも倒れそうだ。彼らの親は厳しい顔で、黙って息子を見つめている。

この異様な雰囲気の中で、リリアナ一人がいつも通りの態度を保っていた。

「全員、揃《そろ》ったようですな」

厳《おごそ》かな声の主は理事長だ。

「王太子ご夫妻も座ってください」

彼に促《うなが》され、私達は用意されていた椅子に座る。それを見届けてから、理事長が話し始めた。

「私は王立学園の理事長を務めているアントニー・ブラントです。この度、保護者の皆様をお呼び立てしたのは、お子様方が問題行動を起こしたからです。それも我が学園始まって以来の不祥事とも言える犯罪行為――」

「犯罪ですって⁉　言いがかりよ！」

突如、リリアナが叫び声をあげ、理事長の話を遮《さえぎ》った。

「……リリアナ王女、今は私が話しているのです。静かに聞いていることもできないのですか」

「なっ⁉」

「保護者の方々に貴女達《あなた》の犯した過《あやま》ちを説明している途中です。リリアナ王女にとっては問題にもならない行為なのかもしれませんが、貴女達《あなた》のしたことは世間一般では犯罪と見做《みな》されるものです。私はそれを保護者に伝えると共に、貴女達《あなた》の処罰を決めなければならない。いいから、黙って聞いていてください。ここは王宮ではないのです。王女の幼稚《ようち》で愚《おろ》かな行動を許す者は一人もいないということを、いい加減理解してください」

「〜〜っ……」

怒りで顔を真っ赤にしているリリアナは、それでも理事長を睨《にら》みつけるのをやめない。

だが、娘の不作法さを気にする余裕が私にはなかった。

犯罪行為とはなんだ⁉　リリアナの他にも生徒がいるから、集団で何かしたのだろうが……何をやらかしたんだ？

「……今日の午後、高位貴族クラスがある学舎でボヤ騒ぎが起きました。火はすぐに消し止められましたが、その混乱に乗じて下位貴族クラスの生徒がそちらの学舎に入り込んだのです。それが、今この場にいる生徒です。異変にいち早く気付いた帝国騎士のおかげで大事には至りませんでしたが、彼らは高位貴族の令嬢を拉致《らち》しようと企《たくら》んでいました。おぞましいことに、媚薬《びやく》効果のある複数の薬物を所持していた彼らは、ある令嬢を穢《けが》そうとしていたようです」

私は理事長の言葉に愕然《がくぜん》とした。

他の親も同様だ。まさか自分の子供がそんな大それた真似をするなど、考えもしなかったに違いない。

「そ、それで……そのご令嬢は……どうなったのですか？」

男子生徒の父親の一人が理事長に尋ねる。大事には至らなかったと言うが、実際、どうなったのか気になるのだろう。

それは私も同じだ。

狙われたという令嬢の名誉に関わるために、既《すで》に穢《けが》されているのに内密にしようとする算段なのか、それとも本当に何もなかったのか。もしくは薬は使われたが、貞操《ていそう》は無事だったのか……

「皆様がご心配している最悪の事態にはなっておりません。神に誓って令嬢には何もなかったと言えます」

「なら、息子は未遂《みすい》なんですね」

「そうです」

それを聞いた保護者達がホッとした表情になる。

私も安堵《あんど》の溜息《ためいき》をついた。

理事長が神に誓って宣言した以上は、本当に何もなかったのだろう。未遂《みすい》なら言い訳も立つ。最悪でも、リリアナは停学処分で済むはずだ
いや待て。それなら何故《なぜ》、我々は呼び出されたんだ？

「ですが、狙われたのはコードウェル公爵令嬢です」

理事長の言葉に、再び部屋に沈黙が戻った。

「彼らはよりにもよって帝国の第二皇子殿下の婚約者を、計画的に穢《けが》そうと企《たくら》んでいました。これは国家に対する反逆行為と見做《みな》されます」

「なっ⁉」

「息子が反逆だと⁉」

「そんなことを考えるわけがない！」

保護者達が一斉に違うと喚《わめ》き出《だ》す。

無理もない。

とはいえ、学園が現行犯で捕まえているのだ。下手な弁明などしないほうがいい。王家の血を引く公爵家の娘を襲おうとしたのだから、王家に仇《あだ》なす者で間違いなかった。

私は冷めた目で保護者達を眺《なが》める。

すると――

「王太子殿下、何を他人事のようにしているのですか？　貴方方も国家反逆罪を問われている身ですよ？　寧《むし》ろ、私達は貴方の娘を首謀者だと考えています」

「「はっ⁉」」

医師からかけられた言葉に驚愕《きょうがく》する。

私達が国家反逆罪だと⁉

「君達は王女である私の娘が国家に反旗を翻《ひるがえ》したと言うのか！」

「そう取られてもおかしくないです」

「不敬だ！」

「確かに、王太子殿下は王族です。ですが、国王陛下ではありません。そしてご息女であるリリアナ王女は現行犯ではありませんか？　何故《なぜ》ご自分は一切関係ないと言わんばかりの態度でいらっしゃるのか……私達には理解できません」

「ぐっ……」

医師だけではない。気が付けば、看護師も周りの教師も私に冷ややかな視線を送っていた。

バカバカしい限りだが、娘の疑いが晴れるまでは部屋から出してもらえそうにない。

「何が現行犯よ！　私はたまたま彼らの近くにいただけよ！　何もしてなかった私を犯人扱いするなんて間違っているわ！」

リリアナが叫ぶと同時に立ち上がる。そして、私と言い合っていた医師を睨《にら》みつけた。

「その場にいたこと事態が問題なんですよ」

教師が横からリリアナを咎《とが》める。

「だから、たまたまだって言っているじゃない！」

「リリアナ殿下はご存じないかもしれませんが、高位貴族クラスのある学舎に立ち入るには理事長の許可が必要です。それを無視しているので、少なくとも侵入罪となります」

「えっ!?」

「それと、男子生徒達が所持していた薬の中には市場に出回っていないものがありました」

「だ、だからなんだって言うのよ！」

「それをどうやって手に入れたのか、ハッキリさせる必要があるんです。何しろ、我が国に存在しない薬物ですからね。そのために医師団が同席しているのです」

「それって……？」

困惑するリリアナに対して、教師の目はどこまでも冷たいものだった。生徒を見る目ではない。犯罪者を見る目つきだ。

リリアナもそれが分かるのだろう、ますます怒り、顔を真っ赤にしている。今にも教師に掴みかからんばかりだ。

「――ここから先は私が伝えよう」

その時、理事長の穏やかな声が部屋中に響いた。

「保護者の皆様、ご子息達は許可なく侵入禁止の学舎に入り、悪事を働こうとしたことは素直に認めております。ですが、それ以外のことは一切、話そうとしないのです。公爵令嬢を襲おうとした理由。我が国にない薬物の入手方法など。そういった我々が知りたいことを決して話そうとしない。そこで、保護者の皆様に彼らに自白剤を投入する許可を頂きたいと考えています」

「なんだと!?」

「息子達に自白剤を与えるというのか！」

「野蛮だ！」

「そうですわ！　自白剤など……息子はまだ未成年なんですよ。ここは穏便《おんびん》に話し合いましょう！」

「自白剤を服用したら息子はどうなるのです？　そんなもの認められません……」

親達が一斉に理事長を非難し始める。

当然のことだ。

自白剤は重犯罪者に用《もち》いられる代物《しろもの》だ。かなり強力な薬で、副作用として精神に重篤《じゅうとく》な後遺症をもたらすことが多い。酷《ひど》い場合は、自我が崩壊するとか……

「このままご子息達が黙秘する限り、私達は監督責任のある貴方方も含めて国家反逆罪を適用して捕えなければなりません。当然、一族の方々も関係者として捕えられます。そうなれば弁解の余地はありませんよ。爵位剥奪《はくだつ》に財産没収、一族ごとの処刑もあり得るでしょう。勿論《もちろん》、この場合、首謀者は王太子ご一家ということになります。王太子殿下は廃嫡《はいちゃく》され、一家で毒杯を賜《たまわ》ることになるとお考えください」

とんでもないことを言われた。理事長の目は本気だ。

だが――

「……学園の理事長にそのような権限はないはずだ」

王族に罪を問える存在は唯《ただ》一人。

必死の反撃をする私に、理事長は冷たく告げる。

「ご安心ください、王太子殿下。国王陛下の許可は取っております」

「父上の⁉」

「はい。自白剤の使用を拒否された場合は『王太子一家といえど、即座に逮捕して地下牢に閉じ込めてよい』との命を貰《もら》っております。容赦《ようしゃ》する必要はない、とのことです」

　父上……

　親子の情よりも国王としての立場を選ばれたのか。

　それとも本気で私を疑っているのか？　実の息子である私を？

「自白剤の後遺症を皆様は心配されているようですが、その点につきましてはご安心ください。凶悪犯に与えるような強力なものは使いませんから。年々薬の質がよくなっていて、今では殆《ほとん》ど後遺症が残らないものばかりです。ええ、余程強い自白剤でない限り、何も問題ありません。万が一の場合に備《そな》えて医師団も待機しています」

　穏やかに微笑《ほほえ》む理事長は、有無《うむ》を言わさない雰囲気を漂《ただよ》わせている。

　私を始めとする親達は理事長の雰囲気に呑まれた。机の上に用意された保護者の許可書にサインをする。

　断れば〝罪人〟。

　選択の余地は始めからない。

——自白剤を与えられた子供達の告白は醜悪《しゅうあく》の一言に尽きた。

「キャサリン嬢をものにしてしまえばこっちのものだ！　これで俺も高位貴族の仲間に入れる。不祥事を嫌う高位貴族の、それも頂点にいる公爵家なら、体面をおそろしく気にするとリリアナ王女も言っていたからな。くくっ。交渉次第で俺が次のコードウェル公爵か。運が回ってきたとはこのことだ」

「くそ！　本当は俺が公爵になりたかったのに……。じゃんけんで決めたことだから仕方ない。それよりも、キャサリン嬢の最初の男になるほうが重要だ。何しろ帝国の皇子よりも先に頂けるんだからな。帝国も皇子が一介の貴族に負けたとあっては笑い話にもできないだろうぜ。いっそのこと、俺の嫁は帝国の貴族から選んでもいいな。気位の高い令嬢を躾《しつ》けるのも面白いぞ」

「キャサリン嬢は俺達でしばらく共有するとして、最終的には娼館行きだろ？　リリアナ王女も酷《ひど》いことをする。いくら気に入らない令嬢だからってここまでするかね。まあ、顔だけの頭空っぽの王女でも王族だ。おかげで美味《うま》い汁が吸えるんだから、いくらでもヨイショしてやるよ。ホントに頭の軽い王女で助かる。ちょっと値の張るものを贈れば、色々と融通してくれるんだからな。それにしても、あんな美人を娼館に売るのは惜しい。リリアナ王女の命令には逆らえないが、飽《あ》きるまで可愛がってやるぜ！」

次々におぞましいことを証言する。母親の一人が息子の言葉にショックを受けて倒れた。他の親達も倒れる寸前だ。

子供達は気付いていないようだが、聞く者が聞けば〝公爵家乗っ取り計画〟と思われる内容。理事長達の言葉は正しかったと証明された。

彼らはまさに王家に仇《あだ》なす者達だ。いずれは国王に即位するであろうコードウェル公爵を脅す、と宣言したのだから。それは即《すなわ》ち、王家を脅す行為である。知らなかったでは済まされない。

それにリリアナも関与していたなんて……

「あんな女、男どもに穢《けが》されて売春婦になればいいのよ。澄《す》ましたあの顔が歪《ゆが》むところは、見ものでしょうね。ふふふ、売られた先で小銭でも数えていればいいわ。公爵家の財産は私が有効活用してあげるから。客が途絶えないように、他のクラスメート達にも買うように命令しておかないといけないわね。お可哀想な元公爵令嬢が飢えないように恵んであげないと。私はルドルフ皇子と結婚するわ。世界で一番幸せな花嫁になるのよ」

……首謀者はリリアナで間違いない。

私は娘の育て方を間違えた。

リリアナの考えることはいつだって単純だ。

おそらく彼女は、どこかでルドルフ殿下を見掛けて恋に落ちたのだろう。だが、殿下には既《すで》に婚約者がいた。その婚約者を排除して、自分が後釜《あとがま》に座ろうと画策した結果だ。

欲しいものを手にするためなら手段を問わない。欲望に忠実すぎる。

これは我儘《わがまま》で済ませられる範囲を超えていた。

下手をすれば戦争になりかねないというのに……リリアナも他の子供達も、そのことに気付いていない。いや、考えてもいないのだろう。

類は友を呼ぶ。まさにその通りだ。自制の利かない者同士が結託して、最悪の事件を起こした。

その後も一時間ほど、私達は子供達の自白を聞いていた。

正直、何年も経ったような気がする。

違法薬物の出所は酒場だった。それも、貴族の子弟が行くような場所とは到底思えない、いかがわしい酒場。

男子生徒達は息抜きと称して何度かそこに通っており、常連とまではいかなくとも顔馴染《かおなじみ》になっていたという。薬は低額で、全身黒ずくめの男が売っているそうだ。男は帽子を深く被って顔をはっきりとは見せないらしい。特に酒場はうす暗く、本人達も酒を飲んでいたせいで、記憶は朧《おぼろ》げだ。

それを知った親達の嘆《なげ》きようと言ったらなかった。

「何故《なぜ》、そんな見るからに怪しい奴に近づいたりしたんだ！　迂闊《うかつ》すぎる！」

「どうしてなの？　貴族が出入りする場所じゃないでしょう……薬だなんて……もしも毒だったらどうするの……」

「貴方のお兄様は文官になったばかりなのに……こんなことが表沙汰になったらどうなるか……」

「うちだってそうだ。お前のやらかしが長男の出世に響いたらどうする⁉　責任を取れるのか‼」

「末っ子だからといって甘やかしたのがいけなかった。もっと厳しく躾《しつ》けるべきだったんだ。我が家は武官を多く出してきたのに、本人の希望に沿って文官を目指させたのがそもそもの間違いだったのだ」

「貴方は優秀で、お母様達の自慢だったのよ。このままいけば、間違いなく文官になれたのに……」

幼い子供でも、怪しい人に近づかないという常識はあるだろう。若さ故《ゆえ》の好奇心では済まされない。自分ばかりか、兄弟の将来まで棒に振ったのだ。親の怒りと悲しみは尋常《じんじょう》ではなかった。

それでもまだ、子供達はピンときていないようだ。

「ああいった下町にスリルを楽しみに行くのは普通だ！　跡取りでもない、貰《もら》える爵位もない下位貴族の次男や三男なら、殆《ほとん》どの奴らが出入りしている。俺だけじゃない！　なんで俺達だけを責めるんだよ!!」

「優秀な兄貴と比べられてうんざりだ。日々のストレスをそこで発散させて何が悪い！　だいたい、薬、薬って言うけど、自分で使うのは軽めのものにしている。分量だってちゃんとセーブしてるんだから問題ない。頭がスッキリして気分転換に持ってこいなんだよ！」

「優秀って言うけど、それは下位貴族としては、だ！　それでも必死に勉強しないとすぐにトップから滑り落ちる。薬で眠気が解消されて勉強がスムーズにできるんだ！　少しでも成績が落ちればすぐに『今からでもいい。武芸を磨け』って言ってた癖に、何が自慢だ！」

もう少しマシなことを言えないのだろうか？

いや、自白剤を投与されているのだ。あれが彼らの本心なのだろう。

私が呆《あき》れた目で彼らの親子喧嘩《おやこげんか》を眺《なが》めていると、ふいに理事長の声が部屋に響いた。

「どうやら、我々が見つけた以上の薬をたっぷり持っていそうですな」

大きくはないのに、何故《なぜ》か嫌になるほど頭に浸透する声。一瞬、時間が止まったかのように感じた。

親子喧嘩《おやこげんか》をしていた者達も口を閉ざして理事長を見つめる。

「薬物の所持と使用は犯罪です。その上、彼ら自身が薬物を売っていたかもしれない。そちらについても明らかにする必要がありますね」

理事長の言うことは正しい。親達は誰一人反論できなかった。

そんな重苦しい雰囲気を打ち破ったのは、リリアナだ。

「私はもう帰ってもいいわよね？」

「帰る？　本気で言っているのですか？」

理事長が目を丸くする。彼はもはやリリアナを王族扱いする気がなくなったのか、あからさまに侮蔑《ぶべつ》を含んだ目を向けていた。

「だって、私は関係ないじゃない。悪いのは彼らでしょう？」

「公爵令嬢に危害を加えようと計画した首謀者が『関係ない』はないでしょう」

「実行したのは彼らよ！　私じゃないわ。それに、結局無事だったじゃない！」

「そういう問題ではありません。犯罪を計画した時点で貴女《あなた》にも罪があります」

「計画したからって何？　私は火をつけてないし、あの女を攫《さら》おうとしたわけじゃないわ」

「なるほど、貴女《あなた》は法律に疎《うと》いようなのでお教えしますが、誰かに危害を加えるための計画を立案するのも犯罪行為に入ります。実行していないなんて、言い訳にならないんですよ。貴女《あなた》が彼らを唆《そそのか》したことは先程《さきほど》証言されました。世間ではソレを犯罪教唆《きょうさ》と言うんです」

「なっ!?　私は王女よ！　王族に向かってそんな口をきいていいと思ってるの？」

「王族であれば罪を犯してもいいという法律は、我が国にはありません。王女であっても罪を犯せば罪人です」

「そんなことないわ！　王族は国で一番偉いのよ！」

「王国で一番偉いのは国王陛下です」

「同じでしょう！」

「全く違います」

「嘘よ！　だって今までそんなこと言われたことがないわ！　お母様だって『王女の身分は女の子の中で一番よ』って言っていたもの！」

「ええ。それは間違っていないでしょう」

「ほら！」

「王国の〝女の子の中で〟という意味でなら、王女という身分は最上位です。ただし、王国一高い身分の者は国王陛下であって、貴女《あなた》ではない。王族は国王陛下の付属物にすぎません」

理事長にここまで言われても、リリアナは理解できないようだ。その表情は、訳の分からないことを捲《まく》し立《た》てられたという苛立《いらだ》ちをありありと表している。

これには部屋にいる他の者達も眉を顰《ひそ》めた。男子生徒達ですら絶句している。

リリアナだけがそれに気付かない。

「お父様！　お父様もこの人に言ってちょうだい！」

「……何を言うんだ？」

「私が悪者扱いされていることについてよ！　こんなのおかしいわ！」

理事長にあれだけ諭《さと》されたというのに、リリアナは本気で自分が罪に問われるのはおかしいと信じていた。

「理事長の言っていることは正しい。リリアナ、この場合、王族であることは免罪符にならない」

「お父様！　どうして!?　私は巻き込まれただけなのに、なんで罪人の汚名を着せられなくちゃいけないの!?」

彼女の言い分は滅茶苦茶だ。自分は悪くないと真面目に訴えている。

学園で法律を学んだのに、それが自分に当てはまると思っていない。そんなはずはないのに。

娘をどうやって説得すればいいのか、私には分からなかった。今まで習っても理解できなかったことを、今更、父親が教えたところでどうにもならないだろう。

「よくも……そんな世迷言《よまいごと》が言えたものだ」

その時、地底から湧き上がるような怨嗟《えんさ》の声が聞こえた。

「他人の婚約者を奪おうと画策するだけでは飽《あ》き足《た》らず、ご令嬢に危害を加えようとする腐った根性は親譲りか……。王女という身分に生まれながら、王族の義務も責任も果たさない。王国のために何も為《な》さないのに、権利だけは一人前に貪《むさぼ》るとは……幼少から何も変わっていないと見える」

憎悪のこもったその声に振り返ると、医師だった。

「かつて、コクトー子爵家の娘を殺しておきながら、反省することなく再び罪を犯す……どこまでも醜悪《しゅうあく》だ。同じ人間とは到底思えない、おかしな思考回路も相変わらずだな。だが、あの時のように逃げおおせることはできないぞ」

「な、なんなの？　医者の癖に偉そうに。私を誰だと思っているの！」

「名ばかりの王女様。母親と同じような真似をする恥知らずな王女様。流石《さすが》は母娘《おやこ》だ。行動がそっくりときている。もっとも、帝国の第二皇子殿下は王太子殿下と違って女性の趣味がいいようですからね、王女様の母君譲りの色仕掛けは効かなかったでしょうよ」

嘲《あざけ》り笑う彼に、リリアナが食ってかかる。

「お母様？　お母様と同じ？　一体なんの話？」

「おや？　まさかご存じないんですか？」

「だから、なんのことよ？」

「これはこれは……ご自分の両親のことだというのに、何も知らないとは。ご両親から馴《な》れ初《そ》めを聞いていないのですか？　王宮の者達の噂《うわさ》にものぼったでしょうに、王女様の耳には届かなかったとは、実に都合のいい耳をしていらっしゃる」

「何？　噂《うわさ》？　お父様とお母様が何をしたって言うの？」

あまりに何も知らない彼女の言葉は、周囲を騒《ざわ》めかせた。

「え……王女様は知らないのですか？」

「知らないはずがないが……有名な話だ。小さな子供ですら知っていることだぞ」

「誰も話さなかったのか？　いや、でも学園でも話にあがることくらいあるだろうに」

特に親達は困惑顔だ。自分の子供達に目を向ける。すると、彼らは目を逸《そ》らした。

そうか、男子生徒は知っていて黙っていたのか。

当然だな。わざわざ当時のことを確認してリリアナの不興を買うような真似は、誰もしたくないに違いない。

「な、何？　みんな知っているの？」

周囲の反応が自分の思っていたものとは違うと気付いたリリアナは、ぐるりと周囲を見回す。だが、誰も彼女と目を合わせようとはしない。

「私達からしたら知っていて当たり前の話を、王女様だけが知らない。無知は罪と言いますが、本当ですね」

医師の言葉は私に対する痛烈な皮肉だ。

彼はリリアナを非難しながら、親である私達も責めている。

確かに、娘は無知すぎた。

だが、それは無理もないことなのだ。彼女は幼少の頃から下位貴族の子供達としか交流を持てなかった。当然、身分の低い子供は処世術として王女に遠慮する。彼女の顔色をうかがい、気に入りそうなことしかしない。加えて、療養先やボーテ王国では、家族以外の人間との交流がなかった。

それにしても、医師のこの目はなんなんだ？　まるで仇敵でも見ているかのようだ。彼に何かした覚えはないが……なんだというんだ？

平民出身の名医、シン——彼がコクトー子爵の友人であり、子爵家の子供達を我が子同然に可愛がっていたと私が知ったのは、随分《ずいぶん》と経ってからだった。

それはともかく、室内はなんとも言えない空気が漂《ただよ》っている。不安そうな娘にかける言葉が見つからない。

俯《うつむ》く私に代わって、理事長が口を開いた。

「リリアナ王女がご両親の馴《な》れ初《そ》めを知らないと仰《おっしゃ》るなら、私がお教えしても宜《よろ》しいでしょうか？　王太子殿下」

「理事長……」

「皆が当たり前に知っていることを知らない。それはある意味とても気の毒なことです。いつまでも無知なままではいられない、そう思いませんか？　それに、こういうことは第三者が説明したほうが、色々と勘違いを生まない場合もあります。いかがでしょう？」

「……お願いします」

それ以外に何が言えただろう。

私の許可のもと、理事長がかつての騒動を語り出した。

王太子の長年の婚約者との婚約解消、その過程で起きた諸々《もろもろ》のことを——

改めて聞くと酷《ひど》い内容だ。

丁寧に説明している理事長には文句の付けようもないが……もう少しオブラートに包んでくれないだろうか。

いや、その前に詳しすぎないか？　何故《なぜ》、牢屋行きになった者達の家族のその後まで、彼が知っているんだ？

かつて親しくしていた者達の周囲を含めた詳細な結末を、私も今初めて聞いた。

室内にいる者達も知らない者が多かったようだ。改めて私達夫婦を極悪人のように見ている。

そんな目で見ないでほしい。

「嘘よ!!」

理事長の話が終わった途端、信じられないと言わんばかりにリリアナが首を大きく横に振る。彼女のショックは計り知れない。

「全て事実です」

「そんな……だって……今まで聞いたこともないわ！　出鱈目《でたらめ》よ!!」

「皆、あえて言わなかったのでしょう。知っていて当然ということもありますが、王女に話して逆恨みされるかもしれないと考えたら、とても言えない。ましてや、リリアナ王女には前科がありますからね。高位貴族は関わり合いになりたくないのですよ」

「何よ！　私は関係ないわ！　お父様とお母様が原因でしょう!?　私のせいじゃないわ！」

理事長はリリアナの態度に溜息《ためいき》をついた後、私のほうに顔を向けた。

「王太子殿下、流石《さすが》は殿下方のお子様でいらっしゃる。下位貴族の婚約を悉く《ことごと》ダメにして、彼らの家を間接的に潰《つぶ》しただけのことはありますね。子供に罪はないと言いますが、自身の欲求を満たすためなら他の者達がどれほど不幸になろうと構わないという気質は、容認できるものではありません。そう思いませんか？」

「……娘はまだ子供なのだ」

苦しい言い訳だと自分でも思う。だが、他に言いようがない。リリアナは小さな子供のようなものだ。

「成人間近の王女に使う言葉とは到底思えませんが、リリアナ王女が〝分別がある〟と言いにくいのは確かです。目的のためには手段を選ばないところも、自分の欲求のためなら人を平気で傷付けるところも。そしてそれを悪いと思えないのですから。ですが王太子殿下、我が王立学園は、欲望のままに行動する獣を野放しにできません。然《しか》るべき処置を取らせていただきます。既《すで》に王宮に届け出をしておきましたので、ご覚悟ください」

私の苦悩をよそに、理事長はきっぱりと言い切ったのだった。

王宮に戻ると、私とサリーは謹慎を言い渡された。リリアナは北の塔行きになる。

北の塔とは、その昔に罪を犯した王族を幽閉するために造られた建物だ。文字通り王宮の北の端にある。一度そこに入ったら死ぬまで出られないと伝えられていた。

そんな場所に入れられたリリアナは……

今は考えないようにしよう。最悪の想像しかできないのだから。

あれから、多くの下位貴族が罪に問われた。

男子生徒からの証言から、芋《いも》づる式に罪人が明らかになったせいだ。謹慎中のために詳しくは知ることができなかったが、薬の売買はとある男爵家が行っていたらしい。チェスター王国と接する領地を持っているので、そこから入手したのだろうと考えられた。男爵家の当主夫人がチェスター王国の人間であることが大いに関係しているとも。

つまり、違法薬物の元締めはチェスター王国だったのだ。

男爵家は一族郎党に至るまで、スパイ容疑で地下牢に入れられた。また、国境警備隊長が責任を取って職を辞した。

そのせいではないだろうが、何故《なぜ》か高位貴族の急逝《きゅうせい》が相次ぐ。

それらの一つ一つが事故か事件かは定かではないが、不審な動きをした者として、何人かの貴族が挙げられている。近々、逮捕されるという噂《うわさ》だ。

やることが殆《ほとん》どない私は、妻の様子を見に行く。

「サリーの調子はどうだい？」

「王太子妃様は未だに起き上がれない状態です」

「そうか……」

「王女様の件が余程ショックだったのでしょう」

侍女の言葉はもっともだ。

あれ以来、サリーは寝込んでいる。

「父上から何か言ってきていないか？」

「何も伺っておりません」

「そうか……」

あれから三ヶ月が過ぎようとしていた。それなのに、父からは何も言ってこない。謹慎中ずっと、だ。

幼い頃からそうだった。可愛がられたこともないが、厳しくされたこともなく、邪険にされた覚えもない。

私に対する国王の行動は〝無〟と言ってもいいだろう。

何故《なぜ》なのかと、私はずっと考えてきた。

私は父の唯一の子。たった一人の息子だというのに。何故《なぜ》、あのように無関心でいられるのか。

『――〝王〟とは孤独な存在なのです。実の息子であろうとも、第三者として平等に扱わなければならないとお考えなのでしょう』

『常に〝公〟を優先せねばならないお立場にいるせいで、そう見えてしまうだけですよ』

教育係達の言葉を、幼い私は『そんなものか』と信じていた。

だが、本当にそうなのだろうか？

疑問に思えて仕方がない。

そんな国王から、ついに呼び出しがかかった。

父と向かい合うのは何年振りだろう。これほど近くで彼を見たのは、生まれて初めてのような気がする。

「用件は理解しているな？」

「リリアナのことでしょうか？」

「正確には、そなた達家族のことだ」

「達？」

「そなた、まさか自分達夫婦がこのままでいられるとは思っていないだろうな？」

「それは……」

考えなかったわけではない。あえて考えないようにしていただけだ。

「あれだけのことをしでかしたのだ。今までのようにはいかん」

「はい……」

「そなたは廃嫡《はいちゃく》だ。当然、王籍も剥奪《はくだつ》する。そうしなければ貴族や民に示しがつかん。何しろ、今回の件で高位貴族達は下位貴族を完全に敵だと認識してしまった。更に、王立学園の存在も危険視されている」

「き、けん？」

「コードウェル公爵令嬢を薬を使って穢《けが》そうと企《たくら》んだ者が出た場所だ。親が危険区域と認識してもおかしくないだろう。今回は未然に防げた。だが次は？」

「つ……ぎ？」

「親達は〝次〟を懸念《けねん》しておるのだ。再び、下位貴族の男が高位貴族の令嬢を手に入れるために色々な計画をするのではないか、とな。一度の失敗で懲《こ》りずに次を狙う下劣な者は、世間にごまんといる。『公爵令嬢だから失敗した。侯爵家や伯爵家の娘なら成功したかもしれない』と考えている輩《やから》がいないとは言えん」

「……それは」

「特に娘を後継者に据《す》えている家は心配している。学園は男女を別々の学舎にすることを視野に入れたそうだ。そうすれば余計なトラブルを引き起こせないからな。今のところ反対意見が出ているのは下位貴族からだけのようだ。そのせいで、更に高位貴族に厳しい目を向けられているようだがな……」

今度の件で学園のあり方が問われているのだろう。その事件の主犯が自分の娘だと思うと、何も言えなくなる。

そう言えば——

「父上、リリアナの件について学園から何も連絡が入っていないのですが……」

「王女なら既《すで》に自主退学させている」

「はっ!?」

「当然だろう。罪人でも王家に籍があるのだ。退学を言い渡される前に手を打った」

「そうですか……」

地位からすれば王太子の娘の立場は大きい。だが、それだけだ。

血筋ではコードウェル公爵令嬢に劣り、才能の面でもぱっとしない。政略結婚の駒としても価値なしと判断された王女の未来は暗い。

その上、リリアナは罪人だ。

私達夫婦の結婚当初、国に巻き起こった民衆の支持。それが今も続いていれば何かが違ったかもしれない。

あれほど、身分を超えた愛に熱狂した民衆だが、今ではその熱は跡形も残っていなかった。彼らの態度は冷たいものだ。初めから反発の態度を示していた高位貴族よりも酷《ひど》いと思うくらいに。

「税金泥棒の名ばかりの王太子一家」

「国の恥を晒《さら》す王太子夫妻」

「尊き血筋を持たない王女」

民衆の掌《てのひら》返し。

今では、私達は王国の厄介者《やっかいもの》扱いだ。

「父上……娘は……どうなるのですか？」

「〝どう〟とは？」

「塔に幽閉されたままになるのでしょうか？」

「通常はそうだな」

「その……恩赦《おんしゃ》などは……」

「なんの恩赦《おんしゃ》だ？　そんなものが出ると、本気で思っているのか？」

「父上……」

父は情では動かない。

分かっていたはずなのに……

それでも言わずにはいられなかった。

私は頭を下げて叫ぶ。

「父上のたった一人の孫です。恩赦《おんしゃ》を願いたい！」

「……孫か。アレが本当に私の孫なら考えたであろうがな」

意味の分からない言葉を聞いた気がする。

顔を上げると、そこには能面のような表情の父がいた。

「あのような愚《おろ》か者が私の孫のはずがないだろう」

「な、何を言うんです。あの子は、リリアナは間違いなく私の子です！」

「ああ、アレは間違いなくそなたの子供だろう。だが、私の孫ではない」

「父上……？」

「そなたの母。我が国の王妃にしてチェスター王国の王女は、とんでもない我《わ》が儘《まま》な女だ。何もかもが自分の思い通りになると本気で信じている愚《おろ》か者。欲しいものは全て手にしなければ気が済まない。ああ、そなたの娘と同じだな。流石《さすが》は同じ血が流れているだけはある」

「ち……ちうえ……」

こんな顔の父は初めて見る。

表情全てを落としたような、それでいて目はどこまでも暗い。

「私とエリーゼは結婚間近だった。にもかかわらず、あの女は自分との婚姻を強引に推し進めてきたんだ。こちらの足元を見て、支援をちらつかせながらな」

母は父に一目惚《ひとめぼ》れして、この国に嫁《とつ》いだ。結婚するなら父しかいない、と懇願《こんがん》したとも聞く。

「で、ですが、父上は母上を娶《めと》ったではありませんか」

「国のために王女を娶《めと》った。王女を正妃にする約定を交わしたというのに……連中は帝国を巻き込んで内政干渉までしてきた。私はエリーゼを手放さざるを得なかった。公爵家の令嬢を〝愛人〟に

などできん」

「父上……」

そうか。父は婚約者を側妃として迎えようとしていたのか……。邪魔をしたのは、母とチェスター王国。

『お父様がお母様を王妃にと望んでくださったの。お母様を唯《ただ》一人の妻と約束するほど、愛してくださっているのよ』

幼い頃の母の言葉がよみがえる。

母は何度も自分達は相思相愛だと言っていた。

幸せそうに語る母の言葉に嘘はない。

現に父は母を大切に扱っていた。母の願いは常に受け入れてきた。

それは母を愛していたからではないのか？

「ち、父上は母上の言葉に〝否《いな》〟を唱えたことがなかったではありませんか。それは父上が母上を愛しいと思ってのことではないのですか？」

「そうせねば、そなたの母は何をするか知れたものではなかった」

「え……？」

「一国の王女だというのに教養は最低限。王妃に相応《ふさわ》しい教育を受けさせても身につかず、『何故《なぜ》、自分が学ばねばならない』とまで言い出す始末。公務も満足にできないのに『王国で最も高貴な女性である自分が雑務をするのは間違っている。下々《しもじも》にやらせればいい』と公言して憚《はばか》らない。頭の中には自分をいかに美しく着飾るかしかないような王女だ。母国では余程自由気ままに過ごしてきたのだろうよ。苦言を呈《てい》する侍女達はひどく罵《ののし》られ折檻《せっかん》された。彼女は自分の思い通りにならなければ癇癪《かんしゃく》を起こして周囲にあたり散らす。邪魔だと思った相手に躊躇《ためらい》なく危害を加える、王妃にあるまじき浅ましい性根の持ち主ときている」

父の言葉に、私は唖然《あぜん》とする他なかった。

母は私が物心つく頃から最小限の公務しかしていない。それは世継ぎを産むのに専念するためだと聞いていた。

そして、子が私しか生まれなかったのは、慣れない異国での生活に苦労したせいだと思っていたのだが……父の話から違うと分かる。

思い返してみると、母はティレーヌ王国語を未だに苦手としていた。母と話す時は専《もっぱ》らチェスター王国語だ。

「そんな王女に自分の子を産ませたいと思うか？」

「……」

「ここまで言えばもう分かるであろう？　マクシミリアン、そなたは私の子ではない」

「ですが……私は父上に瓜二《うりふた》つではありませんか!!」

そうとも！　私は父にそっくりだと誰もが口を揃《そろ》えて言う。

他人の空似と言うにはあまりにも似すぎている。血縁があるのは間違いない。

「彼女は王家の血を引く者を選んだようだ。その一点だけは褒《ほ》められるな。そなたの本当の父親は先代が市井《しせい》の女性に産ませた落とし種だ。王妃は否定したが、帝国の親子鑑定をしている。その結果に間違いはない」

帝国⁉　どういうことだ！　あの国は関係ないだろ⁉

「実の父親に会いたいか？」

「ち……」

父上とは呼べなかった。

そんな資格はないと、もう充分悟っている。

実の父親――話の展開についていけない。

そもそも実感が湧かないのだ。

今の今まで目の前にいる国王を父親と思って生きてきた。冷たいと傷ついたことはあっても、他人だと思ったことは一度だってない。今でも何かの間違いではないかと思っているくらいだ。

どうしてこうなった？

「そなたの実父は牢に閉じ込めている。今なら会えるぞ」

牢屋。

そうだな。王妃の密通相手だ。当然、罪人として死を賜《たまわ》るのだろう。

今更会ってどうする？　恨み言でもぶつければいいのだろうか？

それとも、何故《なぜ》、母と関係を持ったのかと詰《なじ》ればいいのか？

分からない。

「いえ……結構です」

「この件は、既《すで》に我が国だけでなく周辺諸国にも通達を出した。そなたが私の息子ではないことも、王妃の今までの所業も含めてな。国の恥を晒《さら》すことになったが、そうせねばチェスター王国が干渉してくる。数十年前の恩をちらつかせて要求を押し通す可能性もある。もっとも、今の我が国はチェスター王国の助けなど必要とせんがな。支援の礼は何倍にもして返している。だが、あの王妃の国だ。厚顔無恥な要求をしないとも限らん。そなたに王位を望むだろう。そうならないための処置だ」

「それでは……母上は……」

「私と国を謀《たばか》ったのだ。無罪放免なはずがなかろう。しかし仮にも隣国の王女だ。極刑にはせん。生涯幽閉だ」

「そう……ですか」

その後、国王陛下との話をどう終えたのか、記憶になかった。

第六章　とある国王の計画

その日の夜会は盛大だった。

この国の貴族だけでなく、諸外国の使節団を始めとした各国のお偉方が招待されている。周囲を見渡すだけでも早々たる顔ぶれだ。

だが、チェスター王国の関係者だけが排除されていた。自国の王女が嫁《とつ》ぎ先《さき》で罪人となったのだ。招待されても針の筵《むしろ》だろう。今の私のように。

廃妃とされた母の罪は、他国にも知れわたっている。

不義密通の罪。

国王以外の男の子を産み、王太子にした罪。

それらはティレーヌ王国の乗っ取りと見做《みな》された。

黒幕はチェスター王家だと噂《うわさ》されている。

チェスター王国は必死に潔白《けっぱく》を訴えているが、信じる国はないようだ。確かな証拠はないのに、限りなく黒だと考えられていた。

——彼《か》の国の名は地に堕《お》ちた。

特に、一夫一妻を尊ぶ聖ミカエル帝国は激怒して、国交を断絶した。そのせいで、チェスター王国はますます苦しい状況に陥《おちい》っている。

母の結婚に際して、ティレーヌ王国の側妃制度廃止運動に巻き込んだせいだ。帝国の顔に泥を塗ったも同然。

私も、娘を戒《いまし》めもせず庇《かば》い立《だ》てしてきたことで、帝国の怒りを買っている。帝国の次期皇子妃を傷物にしようとしたリリアナの恩赦《おんしゃ》を願い出たことを怒っているのだ。

親として守ってやりたかった。

だが、私はリリアナを見捨てるべきだった。

私の行為に諸外国は呆《あき》れ果《は》てたらしい。今も外交官達から侮蔑《ぶべつ》の目を向けられている。

その一方で、聖ミカエル帝国はティレーヌ王国自体は責めなかった。被害者だと考えているようだ。

「マックス？　どうしたの顔色が悪いわよ？」

「サリー……」

悄然《しょうぜん》と突っ立っている私の横にいる妻は、出会った頃と変わらず少女めいている。その愛らしい容貌《ようぼう》が色あせることはない。

結局、私はサリーに本当のことを言えないままでいる。

今日の夜会までずっと謹慎の身だった彼女の耳には、噂《うわさ》が入っていない。私も「今日の夜会で謹慎は解ける」としか伝えていなかった。

「今日は陛下から重要な発表があるのよね？」

「ああ、そうだよ」

「私達に関することって本当？」

「……サリー……どこで聞いたんだ？」

「ドレスの支度をしていた時に侍女が言ってたわ。なんでも『今日の夜会では王国にとって素晴らしい発表があるんです』って」

「……他に」

「ん？」

「他にも何か言ってなかったかい？」

「他？　ん～～そう言えば……『サリー様にとっても喜ばしい日になりますよ。これで窮屈《きゅうくつ》な生活から解放されて自由になれるのですから』って言ってたわね」

屈託《くったく》なく笑うサリーは幸せそうだ。

侍女の嫌味を理解していない。今の生活がずっと続くと信じて疑っていなかった。

そんなはずがないのに。

彼女は娘の事件などなかったかのように振る舞っている。

どこから間違っていたのだろう？

いつからこうなってしまったのか……？

私はこれまで王太子として生きてきた。

いずれ王位を受け継ぐと信じて。国王の跡を継ぐのは自分しかいないと……

それが全てまやかしだったとは。

ぼんやりと周囲を見ていると、元婚約者のセーラ、いや、コードウェル公爵夫人が視界に入る。

彼女とあのまま結婚していれば、こんな未来を迎えなかっただろうか？　王太子の位《くらい》を失わないで済んだのではないか？

彼女が王太子妃だったならば、私の廃嫡《はいちゃく》、ひいては娘の失墜《しっつい》を、実家のオルヴィス侯爵家が黙っていない。きっと形だけでも私を王にして、次世代に繋げたはずだ。

もしサリーと恋に落ちることもなく、そのままセーラと結婚していたら、こんなふうに追い詰められることはなかったはず。

優秀な王子がいて、セーラによく似た王女が帝国の皇子妃になる。そうなっていれば、国王も私を無下《むげ》に扱えなかったに違いない。母の件も内々で処理をしただろう。

考えてはいけないと分かっていても、次から次へと後悔が湧いてくる。

今、私の隣にいるのがセーラだったならば、と！

ふいに、ぞくり、とした。

今まで経験したことのない鋭い視線を感じる。

その先に目をやると国王陛下がいた。

知らず、喉が鳴る。

陛下が恐ろしい目で私を見ている。重罪人を見る目だ。

私の邪《よこしま》な考えが分かったのだろう……

「マックス、本当に大丈夫？　顔色が悪いわよ？」

心配そうに見上げてくるサリー。

「ああ……大丈夫だ」

私は彼女に目を移し、首を軽く振った。

余計なことを考えるのはよそう。今更だ。セーラの手を離したのは、私なのだから。

次の瞬間、玉座に座る国王陛下の宣言が始まる。

「今宵《こよい》は我がティレーヌ王国の正当な後継者の発表を行う。マクシミリアンの廃嫡《はいちゃく》に伴《ともな》い、今日よりフェリックス・コードウェル公爵を正式に王太子とする。既《すで》に議会でも承認されているが、異議申し立てのある者は今ここで前に出よ」

招待されている貴族は誰も動かない。

「宜《よろ》しい。これでフェリックス・コードウェル公爵が新たな王太子となった。また、その妻であるセーラ・コードウェル公爵夫人を王太子妃とする。両名とも、これからもティレーヌ王国を支えてくれ」

「「拝命いたしました」」

二人の承諾の返事と共にドッと歓声があがる。

こうなることは予想できていたのに、実際目《ま》の当《あ》たりにするとショックが隠せない。

大勢の貴族達に囲まれ、祝いの言葉を受ける新たな王太子夫妻。それを、ただただ見ていることしかできなかった。

「さて、マクシミリアンよ。そなたには一代限りの男爵位とそれに伴《ともな》う領地を与える」

「はい」

「これよりビット男爵と名乗るとよい」

「拝命いたしました」

もう王族ですらない。

私の受け入れをチェスター王国は拒んだ。それ故《ゆえ》に、ティレーヌ王国に留め置かれることになる。

私は極めて厄介《やっかい》な立場になった。国王陛下の息子ではないにしても、王家の血は引いている。不義を犯した元王妃の実子。その父親は先代国王の落とし種。二つの国の王家の血を引いているのは間違いない。母のように幽閉とするほどの罪も犯していなかった。

この国の王族が臣下に下る時は公爵位と決まっている。それでも罪人の息子に爵位を与えるのは異例だろう。

名前だけの男爵ではない。領地持ちだ。破格の待遇だと感謝すべき。

そう私は自分に言い聞かせた。


〈元王太子妃の話〉

どうして……

どうして！　どうして！　どうして！

やっと部屋から出られたのに！　今日の夜会の主役は私達じゃないの⁉

侍女が素晴らしい発表があると言っていたから、てっきり国王が退位してマックスに位《くらい》を譲るものだとばかり思っていた。

そう、ついに私が王妃になると思っていたのだ。

それなのに、あの忌々《いまいま》しい公爵夫妻が呼ばれて、なんと公爵が王太子になる。あの女が王太子妃ということだ。

なんで⁉　王太子はマックスでしょう？　王太子妃は私でしょう‼

訳が分からないまま、国王の話は進み、マックスの名前が呼ばれた。男爵位とその領地を授与されるそうだ。

ますます混乱する。

どういうことなの⁉

王太子夫妻だった私達は、男爵夫妻になった。

大体、〝ビット男爵〟って何よ？　私の生家の名前じゃない！

一体何が起こっているのか分からず、私は強く手を握りしめた。

あの女を見ると、大勢の貴族に囲まれて幸せそうに微笑《ほほえ》んでいる。

おかしいじゃない！　そこにいるのは私だったのに！

何故《なぜ》、誰も何も言わないの？　なんで皆、嬉しそうなのよ……

「嫌よ‼　どうして私達が王宮から追い出されないといけないのよ！」

叫んだ私は、マックスによって夜会の会場から引きずり出された。


その後、部屋に戻った私はマックスから事情を聞かされた。

彼が国王の実子じゃないことも、王妃様が廃妃されて幽閉になったことも、リリアナのことも。

だからって納得なんてできない！

喚《わめ》き声《ごえ》をあげ続ける私に、侍女長が静かに尋ねる。

「それでは反逆罪に問われてもいいと仰《おっしゃ》るのですね」

「はぁ⁉　反逆ですって⁉」

「そうです。陛下の判断に不服を申し立てるならば、ご夫君共々、内乱罪で連行されなければなりません。これでもお二人への措置《そち》は軽いほうです。議会は死刑にする方向で動いていたのですよ？　それを陛下の温情で生きのびたのです。しかも貴族籍まで用意されて。一体、何が不満なのですか？　お二人は今やこの国から身一つで放り出されても文句の言えない立場です。ですが、今まで王族として過ごしてきた方が平民として生きていくのは無理でしょうと、領地を与えてもらって……マクシミリアン・ビット男爵は、奥方の実家に婿入《むこい》りして跡を継いだと考えれば、それほど過酷な処遇でもないでしょう。これからは分相応に生きてください。多くを望まずに、慎《つつ》ましやかに過ごされれば、充分暮らしていけます」

侍女長の説明にマックスは項垂《うなだ》れる。

ここにきて、彼はなんの役にも立たない。ここで粘《ねば》らないと、その領地から出られない事態になるのは目に見えているのに！

訴えも虚《むな》しく、私は護衛数名に羽交《はが》い絞《じ》めにされ、マックスと共に無理やり馬車に乗せられた。

なんでこうなったのよ!!


〈新王太子の話〉


正直、この国の王太子になるとは思わなかった。

今までコードウェル公爵を名乗っていたが、私は微妙な立場であった。

公爵家の跡取り息子としては些《いささ》か過剰なほど過保護に育てられた自覚がある。外出の際は、護衛が四人以上つくのが当たり前で、両親は私が一人で行動するのを極端に嫌った。まるで見えない何かから私を守るように。

自分で言うのもなんだが、私は早熟だったし、勘も悪いほうではない。だから、両親や使用人達の態度から、自分には何かがあるのだと悟っていた。私が生まれる前に亡くなった姉の存在がキーになっていることにも気が付く。

両親が頑《かたく》なに私を王都に近づけなかったのは、それが関係しているのだろう。この国の貴族ならば誰もが入る王立学園にすら通わせなかったのが、いい例だ。

そんな己《おのれ》の出生の秘密を知ったのは、父の臨終の際。

私が両親と思っていた二人は、実は祖父母であった。なんと本当の両親は国王陛下と、姉と思っていた女性だったのだ。

両親は幼少の頃からの婚約者同士だったたと説明される。

女性の身体に密かに子が宿っていたにもかかわらず、国のために別れを選ばざるを得なかった悲劇の恋人達。その上、彼女は不慮の死を遂《と》げる。

彼女の死については、当時、様々な憶測が流れたようだ。

〝事件性なし〟と処理された実母の死は、実際、偶然の事故などではない。

実母の存在を許さない人がいたのだ。

その筆頭が廃妃になった隣国の王女、この国の元王妃、その人だ。

彼女が人を使って実母を男に襲わせたことが、判明している。

娘の異変を知り実父が現場に駆けつけた時には、実母は酷《ひど》い有様《ありさま》だったらしい。貴族令嬢でなくとも、数多《あまた》の男達に凌辱されて正気を保っていられる女性は多くない。

実母の精神は壊れてしまった。

そんな精神状態でも既《すで》にお腹《なか》の中にいた、恋人の子供は守りたかったのだろう。彼女は私が誕生するのと同時に力尽きて亡くなったそうだ。

実母を襲った犯人は捕まっていない。

世間に公表できない事件だ。事件そのものがなかったことになった。

万が一、人の噂《うわさ》にでもなれば、そうまでして産んだ私も醜聞《しゅうぶん》に塗《まみ》れる。

だから、祖父母が全てを呑み込んだのだ。

彼らは犯人を調べることもしなかった。

きっと調べたくもなかったのだろう。亡くなった最愛の娘をこれ以上汚したくない、という思いがあったに違いない。もしくは、どんな手を使っても報復したいという欲に溺《おぼ》れることを恐れたのかもしれなかった。

彼らにはこれから先も守らなければならない孫がいる。復讐の鬼になることはできない。孫を愛《いつく》しむことで、娘の死を心の奥に封印する。

だが、実父は逆だった。

彼は調べたのだ。

犯人を捜し続け、密かに突き止めたようだ。

実母の死から数年後。とある侯爵家を筆頭に四家の下位貴族が反逆罪で、お家断絶になっている。

彼らの一族は全て、数ヶ月間の拷問の末、獄中死した。

つまり、彼らが実母の事件の実行犯なのだ。彼らはチェスター王国の王女との婚姻を積極的に推進した者達でもあるそうだ。

『——フェリックスは自分が王位に就《つ》くのを想像したことはないか？』

若い頃、先代オルヴィス侯爵にそう聞かれたことがある。

その頃は未だ現役であったリチャード・オルヴィス侯爵は祖父の親友で、私にとって〝第二の祖父〟と呼んでも過言ではない人だ。

厳しくも優しい、尊敬する〝リチャードお爺様〟。

『フェリックスは才がある。王になるに相応《ふさわ》しい才覚がな』

そう言って彼に褒《ほ》めてもらえるのは嬉しいが、その時の私は困惑した。

それというのも、王家には既《すで》に第一王子であるマクシミリアンが誕生していたのだ。

『第一王子が誕生する前なら考えたかもしれませんね』

『それは、今は考えていないということか？』

『はい。想像もしておりません。正当な王位継承権を持つ王子がいらっしゃるのですから、考える必要はないでしょう』

『フェリックスのほうがあんな王子よりもよっぽど優秀だ』

『王子は生まれたばかりの赤子ですよ』

『あんな女の胎《はら》から生まれた男児だ。まともな人間に育つはずがない』

『それは偏見というものです』

『いいや、儂《わし》には分かる』

生まれたばかりの王子を嘲笑《ちょうしょう》するリチャードお爺様。

先のことなど誰にも分からない。だというのに確信を持ってそう言い切る彼に呆《あき》れてしまった。

『赤子が暗愚になるか名君になるかなど、誰にも分かりませんよ』

『いや、アレは暗愚の相だ。間違いない！』

『ならば、そうならないように教育を施《ほどこ》せばいいのです。そもそも、嫡出《ちゃくしゅつ》がいるのに傍系にすぎない私が王位を狙うのは、簒奪《さんだつ》ですよ。内戦で国を焼くような真似はできません』

そう答えると、リチャードお爺様は目を見開き、楽しそうに笑った。

『フェリックスはいい子だな。お前が望むのなら、儂《わし》は内乱を起こしても一向に構わん』

『私が構います』

『ははは。本当に真面目で優しい子だ。そんなところが母親にそっくりだ。あの子も優しい子だった。フェリックス、儂《わし》には未来が視《み》える。お前の頭上に王冠が載るのがな。ああ、何も言うな。老いぼれの戯言《ざれごと》と思っていてくれ。お前は今まで通りでいい。あの子のように努力家で、領民のためになる政策を立て続ける。それでいいんだ』

実に力強く言ってのけたリチャードお爺様の顔は晴れやかだったが、その声には何かを決心した力強さがあった。

今考えれば、リチャードお爺様は私の立場を私以上に理解していたのだろう。そして、私の出生の秘密も知っていたように思う。知った上で、祖父母亡き後、私を守ってくれていた。

私は彼に感謝してもしきれない。

私は机の上に置かれた未決裁の書類の束を眺《なが》めた。

王太子に就任してまだ日が浅いにもかかわらず、実父である国王陛下に王としての執務の大半を任されている。

いくら世継ぎの王太子であっても王ではない。あくまでも私は、国王の補佐的な立場にすぎないのに。

書類を手に取り内容を読むだけで、溜息《ためいき》が出る。

「このような重要な決済まで回ってくるとは……」

どう見ても王太子が決めていい代物《しろもの》ではない。

だが、この国の最高権力者である国王陛下の指示なので、誰も文句が言えないのだ。「代替わりは早いほうがいい」という国王の方針に逆らう者はいない。国王陛下の年齢を考慮して、間違った判断ではないと感じている臣下が多いのだろう。

「退位したら今までできなかったことをしたい」

国王陛下が最近よく口にする言葉。

他の者達はそれを、隠居してゆっくりと余生を過ごしたいと考えているのだと受け取っているようだが、きっと違う。

憎しみとは、途方もない力を発揮するものだ。そして、想像もつかない結果を生む。

この結果は、父にとっては計画通りに違いない。

チェスター王国は自国の王女の一件で国際的な信頼を失った。数代先まで諸外国との縁組は望めない。

その損失は想像を絶するものがある。王国の衰退は免《まぬが》れない。下手をすれば国そのものが消滅しそうな勢いだ。

かつてない国の危機に、王族を始めとしたチェスターの国政に関わる者達は責任の押し付け合いをしていると聞く。王女の存在はなかったことにしているようだ。家系図と公文書から名前を消し、肖像画は全て灰にしたとのことだった。

そんなことをしても人々の記憶を消すことなどできないのに。

その行為が余計に諸外国から不信感を持たれていた。

あの国が再び浮上することはないだろう。

父は己《おのれ》の人生をかけて、一国を滅ぼしたのだ。

当然、王妃の幽閉も復讐の一つ。

父の彼女への恨みは深い。一瞬で死なせるような優しい方法は取らないだろう。長く苦しめる算段だ。

彼の計画通り、廃妃された元王妃の処遇を気にする者は誰もいなかった。

更に、マクシミリアンの誕生にも父上は関与しているはずだ。

王家のご落胤《らくいん》などという都合のいい存在が偶然、王宮にいる妃に出会うなど、考えられない。元王妃の過去の所業が酷《ひど》すぎて誰も疑問に思っていないようだが、他国の王女に何ができるというのだ。

愛する夫との子供が誕生したと喜んだ彼女を、父はどんな気持ちで見ていたのだろう。

元王妃にとって、マクシミリアンは最愛の夫との待望の息子。その溺愛《できあい》ぶりは遠く離れたコードウェル公爵領にも聞こえてきた。

自分との子だと思い込んで、息子を可愛がる妻の姿は実に滑稽《こっけい》だっただろう。

いずれマクシミリアンが愛する夫の跡を継ぐ。両国の血を受け継いだ子供の存在は、彼女の心の拠《よ》り所《どころ》でもあったはずだから。

それが今では、マクシミリアンの存在によって彼女は全てを失った。そればかりか、祖国であるチェスター王国が存亡の危機に瀕《ひん》している。

国王陛下はそれを笑って見ているに違いない。自分から恋人を永遠に奪った者の末路を嘲笑《あざわら》っていることだろう。

とすれば、マクシミリアンに男爵位と領地を与えたことも、何かの罠なのかもしれない。

何しろ、彼が治める領地はやせ細っている。産業にも乏《とぼ》しい。

あそこはチェスター王国と隣接していて、その貿易で成り立っている土地だ。かの国が傾けば当然、あの領地の経済状況も悪くなる。生活の困窮《こんきゅう》の原因を、領民達は領主だと考えるだろう。

その上、近くに親族であるマクシミリアンがいると知ったチェスター王国の王族が、彼を頼って亡命してこないとも限らない。

それらの全てを処理できるほど、マクシミリアンに才覚があるという話は聞いたことがなかった。食うに困った領民からのクーデターが早いか。チェスター王族との繋がりで今度こそ反逆罪で処罰されるのが早いか。

国王陛下は本当に意地が悪い。

従兄弟の暗い未来を想像して、私は溜息《ためいき》をついたのだった。

〈元王妃の話〉


寒いわ……

「ここは一体どこかしら？」

目覚めると、辺りは真っ暗闇だった。

何も見えない。

おかしいわ……私はさっきまで寝室で寝ていたはずよ。

ここ数年、ベッドから起き上がることもままならない状態で、愛する陛下とも随分《ずいぶん》長くお会いしていない。

まったく、あの藪医者《やぶいしゃ》のせいね。処方された薬が全然効かないじゃない！　この私が苦い薬を飲んであげているというのに！　愛する陛下の願いでなければ薬など飲まなかったわ！

所詮はティレーヌ王国の医者ね。お兄様にお願いしてチェスター王国から名医を送ってもらおうかしら。そうだわ！　それがいいわ！　私の回復した姿を見て、陛下はきっと喜んでくださるはず。

陛下は何故《なぜ》かあの藪医者《やぶいしゃ》を贔屓《ひいき》なさっているけれど、無能なんですもの。

「それにしても寒い場所ね」

灯《あかり》が一つもない。そのせいで、身動きが取れなかった。

その上、ジメジメと湿った空気と嫌な臭《にお》いが充満している。

嫌だわ。臭《にお》いが体にこびりついたらどうしてくれるの！

――コツコツコツ。

その時、足音が聞こえた。

同時に、灯《あかり》が近づいてくる。少しずつ見えてきた部屋の光景に、私は驚愕《きょうがく》した。

「な、なんなの？　ここは……」

どう見ても独房にしか見えない。

目の前には頑丈な鉄格子があり、窓が一つもなかった。

「こ、これは一体……あ、足が……」

先程《さきほど》から重たいと思っていた足には枷《かせ》をつけられている。

なんなの⁉

「お目覚めか？」

かけられた声にハッとして顔を上げると、目の前に愛する夫がいた。

「陛下！」

国王陛下が護衛に鉄格子を開けるように指示をする。

ああ！　助けに来てくれたのね！　なんだか物語のような場面だわ。私は知らない間に悪人に連れ去られていたのよ。それで陛下が助けに来たんだわ！

陛下に見つめられている。

ああ！　どうしましょう！　動悸《どうき》が速まっているわ。

これは間違いなく抱擁《ほうよう》される前の眼差《まなざ》し。言われなくても分かる。

だって私達は夫婦ですもの！　さあ！　さあ！　早く私を抱き締めて！

ところが——

「跪《ひざまず》かせろ」

陛下から聞いたこともない冷たい声が発せられる。

何を言われたのか、一瞬、私は理解できなかった。

茫然《ぼうぜん》としている間に、護衛が王妃である私を跪《ひざまず》かせる。

信じられないわ！　私を誰だと思っているの！　この国の王妃よ！　チェスター王国の王女なのよ！　護衛ごときの下賤《げせん》な男が高貴な私に触れるなんて！

「陛下！　お助けください！　この無礼者を今すぐ罰してください！」

「何を勘違いしている」

「か、勘違い……？」

「そうだ。私の命令に従う者を罰するはずがないだろう」

「な、何を仰《おっしゃ》っているんですか？　陛下は私を助けに来てくださったのでしょう？　何故《なぜ》このようなことをなさるのですか!?」

「自分の都合のいいように物事を考える、奇特な頭は健在か……。薬の影響で多少はまともになると思ったのだがな。いや、元からおかしいのだから、仕方がないという話か」

「なんのことですか」

このような辱《はずかし》めを受けるなどあってはならないこと。陛下は一体どうしてしまったというの？　護衛の不作法を止めないばかりか、彼らに命令したのは自分だという。見上げた陛下は、私を嘲《あざ》笑《わら》っていた。

「な……なぜ……このようなことをなさるのですか？　私は陛下の唯一の妻ではありませんか！　私は望まれて嫁《とつ》いでまいりました。陛下も私を誰よりも大切にしてくださったではないですか！　急に何故《なぜ》！」

「急？　そなたにとっては、な」

「……陛下？」

「そなたと、チェスター王国に報復するために費《つい》やした時間は長かった。漸《ようや》く、願いが叶う」

「な、何を仰《おっしゃ》っているんですか!?　私が一体何をしたと言うんです!!」

「何を、か……」

「そうです！　何もしていないではありませんか！」

「何もしていない……だと？　はははっ、ここまで厚顔無恥な者はそうそういないだろうな。己《おのれ》の罪深さを知らないとは」

蔑《さげす》んだ眼差《まなざ》しで吐き捨てるように言う陛下は、私の知る陛下ではなかった。まるで他人みたい……。陛下の皮を被った別人だと言われても信じてしまうほどの変貌《へんぼう》ぶり……

「私のエリーゼにした非道な仕打ち、忘れたとは言わせん！」

エリーゼ……？　エリーゼですって⁉

忌々《いまいま》しいその名前を今になって聞くなんて！

「……それはエリーゼ・コードウェル公爵令嬢のことを仰《おっしゃ》っているのですか？」

声が震えているのが自分でも分かる。

「それ以外に誰がいる。己《おのれ》の息のかかった貴族の子息達を唆《けしか》け、襲わせた。その上、私の元婚約者ということを承知で……ティレーヌ王家の許可なく、エリーゼをチェスター王国の貴族に娶《めと》らせようと画策したな。それも、男爵と！　王家に連《つら》なる公爵家の令嬢の相手としては到底不釣り合いな者と、だ。我が国を軽んじるにも程《ほど》がある‼　エリーゼをチェスター王国に嫁《とつ》がせた後のこともぬかりなく計画していたようだな。そなたが祖国から連れてきた元女官が口を割ったぞ。『穢《けが》れた女はチェスター王国の玩具に相応《ふさわ》しい』など、実におぞましい」

「終わったことです‼」

「……なんだと？」

「結局、あの女がチェスター王国に嫁《とつ》ぐことはなかったではありませんか！　それに、一時とはいえ陛下のお情けを受けていた女に罰を与えて何が悪いのです‼　へ、陛下とて、今まで何も仰《おっしゃ》らなかったではありませんか！　結婚前も、その後も……何も仰《おっしゃ》らなかった。それは陛下も私を愛《いと》おしいと想ってくださったからでしょう？」

陛下は私を愛しているわ。だから、あの女に関する私への誹謗中傷《ひぼうちゅうしょう》に耳を傾けることはないはず。たとえ、私があの女を襲わせた証拠が出てきたとしても、許して庇《かば》ってくれるに違いない。

いくらあの公爵家が王家との繋がりが強くても、所詮は臣下でしかない。その家の娘と一国の王女である私とでは比べものにならないのだから。

「私が、そなたを？　なんの冗談だ。私がいつ、そなたに『愛している』と言った？　そのような戯言《ざれごと》を口にした覚えはない。国のためにチェスター王国の王女を妃にせねばならなかった。それだけで、そなたを愛しているからではない」

「では……私よりも、あの女を愛しているというのですか⁉　公爵家の娘にすぎない……容姿も地位も私より遥《はる》かに劣るあの女を⁉」

そんなはずがない！

お父様達も仰《おっしゃ》っていた。私は誰よりも美しい王女だと。私を妻に迎える男は世界一の幸せ者だと。

あの女を襲わせたのがいけなかったというの？

私は陛下にまとわりつく虫を払いのけただけよ。

婚約者でなくなったというのに、恥知らずにも陛下との交流を続けていたあの女。陛下が私との婚約になかなか応じなかったのは、あの女が手練手管《てれんてくだ》を弄《ろう》していたからに違いない。私との婚約を喜びこそすれ、拒む男なんていないのだ。そうして私に恥をかかせた女は罰せられるべき。

全てはあの女のせい。だから排除しただけ。

「そなたのような性根の腐った女を愛するなど、聖人でもなければできん」

「へ……いか……」

「そうであろう？　エリーゼだけでは飽《あ》き足《た》らず、私の息子にまで害をなそうとしていたではな

いか
「何を仰《おっしゃ》るのですか！　私はマックスを害してなどおりません」

「そなたの息子ではない。私の息子のことだ」

「陛下……何を仰《おっしゃ》って……」

「なんだ、気付いていなかったのか？」

「なんのことでしょう？」

「ああ、そうだな。そなたの目は己《おのれ》に都合のよいものしか映さない。自分が世継ぎの母になれないことを危惧《きぐ》し、王太子の最有力候補であったフェリックスに刺客を放ったことを知らないとでも思っているのか。私はあの子の命を守るために、そなたを孕《はら》ませなければならなくなった。アレには申し訳ないことをした。相思相愛のパートナーがいるというのに、そなたの閨《ねや》の相手をさせられたのだからな」

　陛下が何を言っているのか分からない。

「陛下、一体、なんの話です」

「そなたに子を産ませるつもりは最初からなかった。世継ぎはフェリックスと決めていたからな。だが、そなたが愚《おろ》かにもフェリックスの命を狙ったために、計画を変更せざるを得なかったのだ。流石《さすが》に王家の血が入らない者を王族にするわけにはいかない。匂香《においが》で相手が分からない状態にして男を閨《ねや》に入れるのとは違うからな。そなたが私との間にできたと喜んだ待望の王子は、私の子ではない。私の影武者の子だ。ああ、安心するといい。アレは私の異母弟にあたる。母親が市井《しせい》の出であるため、私以外に知る者は限られているが……腹違いとは思えないほどに私と瓜二つ《うりふた》つ。そなたも気付かなかったであろう？」

「……嘘……嘘です!!」

そんな話、知らない!!　私は正真正銘、陛下の子を産んだはず!!

「真実だ。そなたは夫以外の子供を産んだのだ」

「ならば誰が陛下の子供だというんですか！　マックス以外いないではありませんか！」

「察しが悪いな。私の子はフェリックスだ。私とエリーゼとの間に生まれた、この世で唯一の子供だ」

「フェリックス……コードウェル……」

ああ！　ああ!!　あの時、既《すで》にあの女は身ごもっていたというの!?

「私は最初から自分の息子に王位を譲るつもりだった」

陛下の声音が変わる。その顔に浮かぶ笑みも一層酷薄なものになった。

けれど今の私にはそれを気にする余裕がない。

「フェリックスの命を守る盾としてそなたに子を産ませたが、私とて鬼ではない。そなたの息子がこの国に有益であれば、本人に何かする気はなかった。だが、恋に溺《おぼ》れるとはな。おかげでフェリックスに王位を譲り渡せた。私としては喜ばしいことであったな」

「あ……ああ……」

「夫以外の男の子を産み、王位簒奪《さんだつ》を図ろうとしたそなたは、既《すで》に廃妃だ。祖国であるチェスター王国は今や存亡の危機にある。それを知ったそなたは耐えられずに心を病《や》み、亡くなるのだろう。どうだ？　そなたのような女には勿体《もったい》ないほど、素晴らしい筋書きだと思わないか？」

「私は生きております！」

「残念ながらな。これから、そなたには生きながら死んでもらうことになる。そなたの罪に相応《ふさわ》しい最期を用意した」

陛下の瞳はもはや愉悦に満ちていた。

「そんなっ……そんなこと許されません！」

「そなたごときに許される必要などない。さあ、来るがいい。この地下牢の奥には隠し扉がある。そこから続く階段を下りると、最下層の牢だ」

「嫌……嫌よ……助けて……誰か……マックス……」

私は護衛に縛られる。乱暴に身体を引っ張られ、無理やり歩かされた。

口から悲鳴にも似た声が漏れる。

私を引きずる男は、知っている者ではなかった。フードを深く被っているせいで顔は見えないけれど、その雰囲気がお兄様に頼んで来てもらった暗殺者に似ている！

人を殺すことをなんとも思わない者、特有のもの！

「嫌よ……行きたくない……」

必死に抵抗する私を、男は無視する。

身体が全く言うことを聞かない。無常にも男の背中についていく。まるで幽霊になったみたいで、身体中が重い。

息苦しくて胸が痛かった。心臓を直接握られているようだ。

ああ……もうダメかもしれない。

恐怖のせいでうまく呼吸ができなくなる。視界まで霞《かす》んできた。

怖い。このまま死ぬの？　この男に殺されて？

嫌よ。どうして私が殺されないといけないの⁉

いつの間にか、私と男は階段を最後まで下りていた。

目の前は大きな牢獄だ。壁一面に赤黒いものがべったりと塗られていて気味が悪い。冥府《めいふ》だと言われても信じてしまいそうだ。生きているものの気配が全くなかった。

だというのに、血と腐臭に似た酷《ひど》い臭《にお》いが立ち込めていて鼻と喉を痛めつける。

私は気分が悪くなってきた。

背後に立った国王陛下が口を開く。

「安心するといい。そなた一人ではない。そなたの孫も一緒だ」

「孫……？」

そういえばマックスに娘が生まれたと聞いたわ。それも随分《ずいぶん》前に。

下賤《げせん》な血を引く孫なんか嫌だったから一度も会ったことがなかったけれど。その子は今、何歳くらいなのかしら？

「流石《さすが》はそなたの血を引いているだけあってよく似ている。ああ、言っておくが姿形ではない。中身がな。あの娘もそなた同様に、愛し合う者同士を卑劣極まる方法で別れさせようと目論《もくろ》んだ」

陸下の言葉の意味がよく分からない。

そもそも今の話は本当なのだろうか？　私は誰を信じたらいいの？　どうしたら……

「この最下層の地下には他にも、そなたの昔馴染《むかしなじみ》がいる。退屈はしないはずだ。そなたの口車に乗せられて破滅した者達……その親族達を特別に集めておいた。せいぜい昔話に花を咲かせるがいい。彼らとここで死ぬまで一緒に暮らすんだ」

陸下は喉を鳴らし、笑いながら地下牢を出ていく。手を伸ばして縋《すが》る私を振り返りもしなかった。

「嫌よ！　嫌!!　ここから出して!!　お願いです、陸下っ!!」

私は一人、叫び続ける。

……どうしてこんなことに。

私が何をしたというの？　ただ幸せになりたかっただけなのに。

愛する人と結婚して、可愛い子供に囲まれて過ごす。王妃として崇《あが》め称《たた》えられて。そんな普通の幸せを望んだだけなのに。

それが何故《なぜ》、こんな惨《みじ》めで恐ろしい場所で過ごすことになったのだろう。

分からない。何度考えても分からない。

混乱して叫び続けていた私は気付かなかった。みすぼらしい姿の男達が近づいてきていたのを。

そのせいで、易々《やすやす》と囲まれてしまう。

「お前だ……お前のせいだ……」

男達の一人に何かで口を塞《ふさ》がれた。次に起こったのは、大勢の者からのいわれなき暴言と暴力の嵐だ。

「お前のせいで俺達は全てを奪われたんだ!!」

「俺達は知らなかったのに！　お前が勝手にやったことなのに！　お前が奴らと親しかったばかりに!!」

「これからだったんだぞ!!　折角《せっかく》、領内も豊かになって子供もでき、これからって時に!!」

「隣国の王女だから……王妃だから……大丈夫だって言ったのに……お前のせいで妻や娘があんな最期を……お前のせいだ!!」

骨と皮だけの、老人と言ってもいい男達――どこにそんな力があるのか分からない彼らは、容赦《ようしゃ》なく私の全身を痛めつけ続けた。

痛い。苦しい。助けて……

そう願っても誰も訪れない。

次第に薄れる意識の中、最後に聞いたのは自分の悲鳴だった。


どれくらい時間が経っただろうか。

気が付くと、あれほどいた囚人達が全員姿を消していた。

身体中が悲鳴を上げていて、辛《つら》い。

もう指一本さえ動かせなかった。

朦朧《もうろう》としていると、若い女性の悲鳴と男達の荒い息遣いが聞こえてくる。

そちらを確認することはできなかった。

自分自身ですら、どうなっているのか分からない。瞼《まぶた》が重くて仕方がなかった。

このまま死ぬのかしら？

いいえ。この私がこんなところで終わるはずがない。きっとチェスター王国が助けに来る。お兄様やお姉様が私を助け出し、陛下を叱《しか》ってくれるはずだ。

ふふふっ、陛下はきっと私に許しを請《こ》うわね。

でも、大丈夫。私はどんなことがあっても陛下を愛していますもの。ちゃんと許して差し上げるわ。私達は夫婦、神の前で誓い合った夫婦。それは決して変わらない真実よ。

ああ、もう意識が保てなくなってきた。

大丈夫。次に目が覚めたら、全てがうまくいっているわ。きっと……


〈国王の話〉


理性をなくした獣のような悲鳴が聞こえた。

人から出たとは思えないその声は、階段の上にも響いてくる。

だが、何かされたのだろう、やがて静かになった。

今頃、あの女が昔馴染《むかしなじみ》に歓迎されているかと思うと、笑いがこみ上げてくる。

彼女は最後まで自分のしたことの善悪を理解していなかった。

――祖母と孫。

姿は似ていないのに、腐った性根はそっくりだ。

決して自分が悪いと思わない。

彼女達を簡単には死なせない。

苦しませて……苦しみ抜かせてやる。エリーゼが苦しんだのと同じくらい。いや、それ以上に……

私がエリーゼを見つけた時、彼女は凌辱された後だった。男は一人二人ではない。複数の者達に乱暴されたのだ。

エリーゼの心は壊れた。彼女の胎《はら》に宿っていた息子が無事だったのは奇跡としか言いようがない。

私達はエリーゼの名誉のために事件を公表しないと決める。

だが、私は密かに犯人を捜し続けた。

数年後。エリーゼを襲った実行犯達を執念《しゅうねん》で見つけた私は、一族ごと処分する。それでも元王妃には手を出せなかった。証拠がなかったのだ。

いや、たとえあったとしても、断罪は叶わなかっただろう。

当時はまだ、彼《か》の国との国力に差があったから……

「どうにか、生きている内に奴らに絶望を与えられたな……」

そっと零《こぼ》した独り言を、傍《そば》にいた護衛が聞いていた。

「……陛下」

「どうした？」

「……一つ……お伺いしても宜《よろ》しいでしょうか」

「なんだ？」

「何故《なぜ》、もっと早く元王妃様を排除されなかったのですか？　十年ほど前には隣国に国力が追い付いておりました。元王女様が子爵家令嬢を害した、あの時にでもまとめて処罰なさっていたらよかったのでは？」

「そうだな、あの時にも排除だけなら可能であった。だが、それをしたところで、隣国がアレらを引き取ると言い出すに決まっていた。そうなったら、手出しできなくなる。アレらは己《おのれ》の罪を償《つぐな》うことなく、のうのうと生を謳歌《おうか》する。下手をすればアレの孫娘が隣国の王族として他国に嫁《とつ》ぐことも考えられたのだ。アレの血脈は私が絶つ。アレの一族もろともにな」

「……陛下」

「何故《なぜ》、早く排除しなかったのか、か？　……簡単なことだ。アレとアレを生み出した国に、これ以上ない生き恥を晒《さら》させてから破滅させるためだった。私からエリーゼを奪い、挙句《あげく》の果てに他の男に嫁《とつ》がせて嬲《なぶ》り者《もの》にしようとしたのだ。断じて許さぬ！」

「……愚《おろ》かなことをお聞きしました」

「……いや、私も熱くなりすぎた。すまぬ。……私はもうすぐ退位する。その後は田舎《いなか》で悠々自適な隠居生活を送るつもりだ。そちはどうする？　今なら私のもとを離れられるぞ」

「いいえ。最後までお供いたします」

「よいのか？」

「はい」

「パートナーが待っているだろう」

「ツレも承知しております」

「そうか……なら、最後まで頼む」

「畏《かしこ》まりました」

私も人のことは言えない醜悪《しゅうあく》な人間だ。背後に控える護衛を解放しないのだから。

彼は、異母弟であり〝影〟。この男のパートナーは、かつてエリーゼの護衛で、主を守れなかったことを何度も悔やんでいた。エリーゼの死後、殉死《じゅんし》しようとしたほどに。

だから、私がパートナーごとこの男を引き取った。

『死んで償《つぐな》うくらいなら、生きて償《つぐな》え。私の手足となってエリーゼを貶《おとし》めた者達を一人残らず殺す手伝いをしろ』

我ながら酷《ひど》いことを命じたものだ。

〝影〟はパートナーが生きる希望を持ったと喜んでいたが、地獄に道連れにしたと考えるほうがまともだろう。

それでも〝影〟は幸せだと、私は思ってしまう。愛する者が傍《そば》にいるのだから。

私の隠居先はもう決めてある。退屈はしないだろう。私達の最終目標の地だからな。

□□□

「――旦那様、奥様の件ですが……」

領内の視察から戻ると、執事が困惑した顔で出迎えてくれた。

「サリーは今日も部屋に閉じこもったままか？」

「はい」

「そうか……」

「旦那様、やはり奥様を医師に診《み》せたほうが宜《よろ》しいのではないでしょうか」

「……診《み》せてどうなる？　妻の容態を回復させるなど不可能だ」

「ですが……」

「そもそも、サリーの顔を元に戻せる医師がこの国にはいないんだ。かといってボーテ王国での手術費用はおろか、旅費も捻出《ねんしゅつ》できない。私達にできるのはサリーを見守ることだけ。サリーは何か言っていたか？」

「いいえ。奥様は今日も『一人にしておいてほしい』としか仰《おっしゃ》いません」

「なら、そうしておいてくれ」

「……はい」

執事は黙って引き下がる。

彼の言い分も理解しているが、今は余計な出費を控えたい。

私は王太子の地位を廃されただけでなく、王族としての身分さえ失った。男爵として与えられた領地は、元の身分の時には考えたこともない狭さだ。その上、領内の貧困は目を覆《おお》いたくなるものだった。

当然、領主である私達夫婦の生活レベルも知れている。

一応、執事はいるものの、料理人とメイドは一人ずつ。住んでいる館も狭い。

それでも使用人がいなければ回らないので、彼らには感謝していた。

こちらに来て初めて食べた黒パンと肉の入っていないスープには驚かされたものだ。

生活レベルの低さは我慢できるものの、問題はサリーだった。

あれから何度となく説明したのに、現状を全く理解してくれない。癇癪《かんしゃく》を起こし、醜《みにく》く喚《わめ》き散《ち》らす彼女に、私は辟易《へきえき》していた。部屋に閉じこもっているなら正直、ありがたい。

館は静かだ。サリーに煩《わずら》わされないので仕事がスムーズに進められる。

そんな彼女の異変が始まったのは、今から三週間前のこと――

『きゃぁぁぁぁぁ!!』

突如上がった悲鳴に慌てて駆けつけると、サリーが床に倒れ込んでいた。

『サリー！　大丈夫か!?』

抱き起こした彼女は、両手で顔を隠して震えている。

『どうしたんだ？　何があった⁉』

問いかけても返事をしない。呼吸は荒かった。

『サリー！』

肩を掴み揺すると漸《ようや》く、彼女は口を開く。

『見ないで……。お願いだから見ないで……』

『何を言っているんだ？　どこか痛むのか？　それとも苦しいのか？』

『ダメ‼』

大声で叫ぶなり、私の手を振り払った。

『サリー……』

露《あら》わになったサリーの顔。左の目元が腫《は》れあがり、醜《みにく》く変形している。

『近寄らないで！　来ないでよっ‼』

再び拒絶された私は、その場に立ち尽くしてしまう。

一体どうしてこうなったのか、全く分からない。

それからというもの、サリーの奇行が続いた。

朝起きる度に鏡の前で泣き崩れるのだ。

食事や入浴の際も常に顔を隠そうとする。寝所ではシーツを被ってベッドの上で丸まる始末だ。

最初は何かの病気かと思って近所の医師を呼んだが、特に身体に異常はなく原因は不明だと言われた。

手をこまねいている間に、使用人にあたるようになる。
『旦那様……』
『ん？』
『奥様にお食事を届けましたら、その……ひどく暴れられまして……』
『またか』
『申し訳ございません』
『いや、気にするな。私が行くから、食事は扉の前に置いておいてくれ』
『畏《かしこ》まりました』
食事を持って部屋に入ると、サリーは布団にくるまっていた。
『サリー、起きてるかい？』
声をかけても反応しない。
『食べないと身体がもたないよ。ほら、今日はカボチャのスープだ。温まるよ』
動かない彼女に何をしたらいいのか、私にはさっぱり分からない。
『明日、外科の先生に来てもらおう。何か分かるかもしれない』
それだけ言うのが精いっぱいだった。
翌日の昼過ぎに、隣の領地から外科医を呼んだ。
彼は来て早々に、妻の顔を診察する。

『整形の副作用のようですね』

咄嗟《とっさ》に、医師の言葉の意味が、私にはよく理解できなかった。

『ふ……くさよ……う……？』

『はい。おそらく手術の際に骨を削ったのでしょう。その結果、皮膚が引っ張られて傷跡のような状態になったと考えられます。酷《ひど》い場合は顔全体が歪《ゆが》むという例もありますからね。幸い、男爵夫人の場合はそこまでではないようです。もっとも、放置すれば徐々に腫《は》れが広がっていく可能性もあるので油断はできませんが』

『そんな……！』

『なんでよ！　今までなんともなかったのに！』

話の途中に割り込んで、サリーが騒ぎ出す。私は急いで止めに入ったが、遅かった。医師の腕に掴みかかった彼女は叫び続ける。

『私はどうなるの⁉　治せるのよね？　……ねぇ！　なんとか言ってちょうだい‼』

興奮しているサリーをどうにか落ち着かせようとするものの、うまくいかない。

結局は鎮静剤を打つ羽目《はめ》になり、私はその間に、外科医の話を聞いた。

なんでも、妻の顔の腫《は》れはボーテ王国での手術が原因らしい。

『どういうことだ？』

『言葉の通りですよ。本来、手術は顔の表面だけを弄《いじ》るものではありません。骨格や筋肉、内臓、それら全ての状態を把握し、調整した上で施術します。今回のように、ただ表面を綺麗にしただけではすぐに元に戻ってしまうんです。まあ、そんなふうに顔全体を治療するには多額の費用と時間がかかるので、大抵の者はごく一部だけ手術を受けるようです。ただ、男爵夫人の場合は少々特殊《とくしゅ》みたいでして……』

『特殊《とくしゅ》とは？』

『まず第一に、男爵夫人がした手術は皺《しわ》とほうれい線に関するものです』

『それはどういった手術なんだ？』

『簡単に言えば、老化による肌の張りの衰《おとろ》えを取り除く手術といったものでしょうか。目元の皺《しわ》とたるみ……とにかく、目の周りの皮膚を引っ張ったんだと思われます。それをそのままにすると、やがてその皮膚が引きつったような状態になる。そうならないためには、定期的にメンテナンス手術をし続けなければならないでしょう』

『メンテナンス……。それをすれば元の顔に戻るのか？』

『専門家に診《み》てもらわないことには、なんとも言えませんが……。最悪、無理かもしれません』

『最悪……？』

不穏《ふおん》な言葉が出てきた。

混乱する私を置いて、外科医が静かに説明を続ける。

『二度と元の顔に戻らない覚悟をしておいたほうがいいでしょう。私も詳しくは知りませんが、そういった症例があるようです。勿論《もちろん》、手術で元に戻せる可能性もあるでしょうが……その場合でも、多額の費用がかかります。新たに整形したほうが、費用面では幾分《いくぶん》マシかもしれません。ただ、同じ箇所に手を加えると皮膚に大変な負担がかかります。少しずつ皮膚が歪《ゆが》んでいき、最終的には顔全体の形が変わることもあるでしょう。お気の毒だとは思いますが、これが現実です。……とにかく、一度専門医に診察してもらってください』

その外科医に言われた通り、私はその足でサリーを専門の病院へ連れていった。

医師は診断を終えるなり、沈痛な表情を浮かべる。

『これは……私の力ではいかんともし難いです』

『……つまり治せない、と？』

『はっきり申し上げると、そういうことになります』

『そんな！』

『残念ではありますが……』

医師の口から残酷な言葉が放たれ、サリーは床に崩れ落ちた。

『あぁ！　そんなっ‼』

彼女は大声で泣き叫ぶ。

『いやよ！　こんな顔なんて嫌っ‼　お願いだからなんとかしてよぉ！』

泣き叫ぶ彼女を見かねて看護師が駆け寄ってきた。落ち着かせようとしているが、サリーは泣きやまず、なおも喚《わめ》く。

私は医師にどうにかできないものか再度尋ねてみたが、やはり難しいという返事しかもらえなかった。

『奥方はボーテ王国で手術されたと聞きました。おそらく手術を行った医師の腕は相当のものだったのでしょう。そうでなければ、メンテナンスもなしに今まで何事もなく過ごせたはずがありません。通常、術後三年程度で皮膚の異変が起こると言われています。その医師に相談すれば、あるいはなんらかの解決策が見い出せるかもしれませんが……。他国の医師ですからね。すぐにとはいかないでしょう。それに、奥方は顔面麻痺《まひ》を患《わずら》っているようです。この状態で手術を行うと、麻痺《まひ》状態を悪化させる恐れがあります。どうかご理解ください』

医師は丁寧に説明してくれた。

だが、サリーのあの変わり果てた姿を見る度に、私は胸が張り裂けそうになる。あんな顔で生きていくしかないのかと思うと、哀れでならない。

『本当に何も手立てはないのか？』

『今の状態で手術を受けるのは自殺行為です』

『それでもなんとか……』

『無理なものは無理です』

食い下がったものの、一蹴《いっしゅう》された。

医師の言葉にサリーが更に泣き叫び、収拾がつかなくなる。仕方なく看護師が鎮静剤を打ち、漸《ようや》く静かになった室内の雰囲気が私の心を重くした。

『男爵、こちらをお持ちください』

『これは？』

『抗生剤と痛み止めです。今の状態がいつまで続くのか分かりませんが、万が一、麻痺《まひ》症状が悪化した場合に備《そな》えて持っておくべきです。手術は無理でも、投薬による痛みの緩和ならばできるかもしれません。ただ、根本的な解決にならないため、あまりおすすめはできませんよ。今は少しでも痛みを抑えたほうがいいでしょう?』

『分かった。……感謝する』

こうして私とサリーは失意の中、帰宅した。

以来、サリーは部屋から出てこなくなったのだ。

食事などの必要なものは、私が部屋に持っていくことにしている。

それが今も続いていた。


——終わりというものは呆気《あっけ》なく訪れる。

サリーが死んだ。

元々細かった身体は更に痩《や》せ衰《おとろ》えて頬骨が目立ち、まるで骸骨のような姿になったサリーは、ある日、ベッドで冷たくなっていた。

「何故《なぜ》、ここまで放っておいたんですか⁉」

医師に叱《しか》られる。

言われても仕方ない。死因は餓死《がし》だ。

「動物は食わなければ死にます。それは人とて同じこと。男爵家の人達がしたことは、故意に奥方を殺そうとしたのと同じです！　それが本人の意思だったとしても、誰かが注意しなければならないんですよ!!」

私はここ最近のサリーの言動を把握していなかった。

人とは慣れる生き物だ。ベッドの住人と化した妻が日常となっていたのだから……

執事の話では、サリーは部屋の掃除すらさせず、食事に手をつけない日が続いていたそうだ。

変わり果てたサリーを見ても、もうなんの感情も湧いてこない。医師の説教をぼんやりと聞きながら、「ああ、死んだのか」としか思わなかった。

あれほどまで愛した妻が死んだというのに。

この数ヶ月間が怒涛《どとう》の日々だったせいか、感覚が麻痺《まひ》しているのかもしれない。

私はこんなに薄情な人間だっただろうか？

サリーの墓は館の裏庭に作った。


二年後――

一通の手紙が王都から届いた。

リリアナが死んだという知らせだ。同封された髪が娘のものだという。色はくすんでいた。

これが本当に娘のものなのか、判断ができない。

罪人として死んだリリアナには墓がない。遺体がどうなったかは分からなかったが、碌《ろく》な扱いをされていないだろう。

私は送られた髪をサリーの墓の隣に埋葬《まいそう》した。

廃妃になった母のことは分からない。

生きているのか死んでいるのか。これから先も、知る気はなかった。

母の件はチェスター王家の醜聞《しゅうぶん》となり、あの国は信頼を一気になくした。周辺国から締め出され、国内は物価上昇が止まらず、わずかな食料を巡って争いが起きているらしい。民衆の王家に対する不満は最高潮だ。いずれ内乱が起きるだろうとの噂《うわさ》が流れてきていた。

そうして、そう長くは持たないだろうと思われていたチェスター王国が、呆気《あっけ》なく崩壊した。

原因は勿論《もちろん》、民衆によるクーデターだ。

多くの血が流れ、貴族は私刑の末に絶命した。中には屋敷ごと焼き討ちにあった家もあるらしい。

どうやら、王家だけでなく貴族も相当、民に憎まれていたようだ。

肝心の王家は、現在、所在が分からない。

なんでも民衆が王宮に攻め入った時には既《すで》にもぬけの殻《から》。王族の姿はなく、宝物庫は空だったそうだ。

王家の財宝を持ち出して逃亡したと言われている。その後の行方《ゆくえ》は掴めていない。

王都の惨状《さんじょう》も酷《ひど》いものだという。あちこちが破壊されたそうだ。

あの国の未来は暗い。いや、もう国ですらない。元チェスター王国を助けようとする国も、これを機に支配しようとする国もなかった。

「――それが新しい商品か？」

「はい、旦那様」

「……随分《ずいぶん》と厳重にしているんだな」

「これは特別製でございますので」

にっこりと微笑《ほほえ》む執事は上機嫌だった。

馬車に乗せられている商品にそれほどいい値が付いたのだろうか？

とてもそんなふうには見えないのだが……

商品とは……痩《や》せ細《ほそ》り、ボロボロの衣装を身につけた男女達。おそらく逃げ出そうとしたのだろう。両手両足を縛られた上に猿轡《さるぐつわ》を噛まされ、目隠しをされている。

「今度はどこの国に売り払うんだ？」

「旦那様、この商品は各国の共有になる予定です」

「共有……？」

「はい。なんでも各国の要人が以前とても世話になった者らしく、まとめて可愛がろうと話し合いで決まったそうです。この者達はこれから先、二度と太陽が当たらない場所に繋がれて日々を過ごすのですよ。人としての尊厳をなくした生活を送り、『殺してくれ』と泣き叫ぶまで痛めつけられ、苦しんで死んで逝《ゆ》くのです」

笑顔で言い切った執事に背筋が凍る。

私が何も言えないでいる内に、荷馬車が出発した。行先は地獄だろう。

執事はどこの国に彼らを連れていくのか言わなかった。

彼らが更に酷《ひど》い扱いを受けるのは想像できる。何故《なぜ》、各国で共有するかは理解できないが、かなり恨みを買った末の結果に違いない。

チェスター王国が崩壊して以来、我が男爵領には密入国者が増えた。

当然、治安が悪化する。ただでさえ経済破綻《はたん》寸前の領内に、難民を受け入れる余裕はない。

執事の提案で、私は亡命者を他国に売ることにした。

この政策が大当たりで、領はなんとか持ち直している。今では隣国にワザワザ出向いて、人を攫《さら》ってくる領民まで出てきた。

それはどうかと思うが、そうしなければ生きていけないのだから仕方がない。

荷馬車が見えなくなる。

「恨んでくれるな。私達も生きなければならないんだ」

言い訳だと分かっていても、つい口から出た。

普段はこんなことはないのだが、どうしてだろう。今日の荷馬車に乗った者達に懐《なつ》かしさを感じたせいだろうか？

「旦那様、風が出てまいりました。中にお入りください」

「ああ……」

「何か気になることでも？」

「いや、大したことではないが……。今日の商品をどこかで見た気がしたんだ。隣国の貴族達は末端まで私刑を受けて誰も残っていないと聞いている。知り合いなどいないはずなのに……不思議だな」

「…………すから」

「ん？　何か言ったか？」

「……貴族ではなく商人の可能性もあるのではないか、と思ったものですから」

「商人……そうかもしれないな」

きっと、元は羽振りのいい商人だったのだろう。

あれほど彼らのことが気になったのに、夕食を食べ終わると、私の頭からすっかりそのことは消えていた。

執事が最初に言った言葉。

それを思い出すのはそれからしばらくしてからのこと。

私と男爵領の終わりの時だった。

――血は水よりも濃いと申しますから。

それは突然だった。

大勢の治安部隊が男爵領に押し寄せてきたのだ。

私と領民は一人残らず捕えられる。

人身売買の摘発。奴隷貿易への一斉捜査。それが、領主である私の捕縛に繋がった。

「私は何もしていない！」

そう言っても、誰も聞いてくれない。

「私はこの領地を豊かにするために粉骨砕身《ふんこつさいしん》の努力をしたんだ！　それなのに何故《なぜ》、捕まらなければならない!?」

「黙れ！　犯罪者が偉そうな口をきくな！」

兵士の一人に殴られる。口の中が切れて血が出た。それでも周りの者は助けてくれない。

「貴様が他国に売却した中には、刑に服していた人間だっているんだぞ!!　犯罪者なら奴隷として売り払っても問題ないと思っているのか!?　そんなわけないだろ！」

どうやら私の知らない間に、領民達が刑務所から重罪人をくすねていたらしい。それを秘密裏に売っていたのだとか……

だが、それがなんだというのだろうか？

「全く意味が分からない……わざわざ犯罪者を刑務所に入れておいたところで金がかかるだけではないか。国も経費削減になる。男爵領の懐《ふところ》も温まる。一石二鳥だろうに……」

私の言葉を聞いて、周りの人間が信じられないものを見るような目を向けてくる。

なんだその目は？　私が間違っているみたいじゃないか。

労働力として役に立たない犯罪者なのだ。売られた者の中には反体制派の不穏分子《ふおんぶんし》もいるという。

ならばなおさらだ。処分したほうがいい。

なのに何故《なぜ》、責められなければならない？

私は護送馬車に乗せられ王都へ帰還した。
だが、捕まった中に、私が信頼していた執事の姿がない。どうやら逃げ延びたようだ。

数日後。
よく晴れた空の下、私の生涯は終わった。
数多《あまた》の領民達と共に公開処刑されたのである。
——何故《なぜ》、こうなったのか分からない。
私の何がいけなかったのか。
ただ、十数年前からずっと後悔し続けていることがある。
あの時、サリーを選ばなければこんな結末にはならなかったのではないか？
セーラが妻なら、国王の息子でないと判明しても王族として残れたのではないか？
臣籍に降っても、公爵の位《くらい》は授かれたはずだ。
もう何が正しいのかさえ分からなかった。

〈新国王の話〉

マクシミリアンが死んだ。

公開処刑という不名誉な形で、男爵領の領民を道連れにして。

人身売買は重罪だ。

それを彼も知っていたはず。

何故《なぜ》その手を染めたのか……

理由は予想がつく。領民を食わせるためだろう。

分かっていて支援しなかったのは、私。いや、私達だな。

マクシミリアンが男爵領に行ってすぐ、国王は退位した。その時に、『この先、何が起ころうと、ビット男爵領を助けることはまかりならん』との言葉を残したのだ。

こうなることを予想していたのか、それとも……そうなるように誘導したのか。

本当に恐ろしい方だ。

老齢の身だというのに、隠居先で色々と暗躍していらっしゃる。勘の鋭い者なら、何かしら彼の意図を感じたはずだ。

だから、大臣達は何も言わない。

マクシミリアンの奴隷貿易。

最初は元チェスター王国の人間だけが対象だった。それが自領の犯罪者まで対象になり、密告によって売られる者が出てくる。密告で有罪と判断された者達を容赦《ようしゃ》なく売りに出したのだ。判断をしていたのはマクシミリアンではない。別の者だ。

おそらく、前国王陛下の配下の者。

男爵領では、領民達が互いを監視し合う体制がいつの間にか出来上がっていた。皆が疑心暗鬼になり、隣人を信用できないまま、奴隷貿易を止められずにいたのだ。

マクシミリアンの人生とは一体なんだったのだろうか？

王太子として生まれ、愛に生きた生涯？

周りに流され続けた人生？

前国王陛下の復讐道具？

私には微塵《みじん》も理解できない。

ビット男爵領はあんなあり様《さま》だが、意外なことに男爵領の周辺はかなりマトモだ。

反面教師とでも言うのか。ビット男爵領から逃げ出した数少ない領民が、あんな奴らと一緒にはされたくないと考えたおかげのようだ。前からの住民と一丸になって、領地の発展に力を注いでいるという。領主達もあの愚《おろ》か者と同じだと思われるのは末代までの恥だ、と必死に領地経営に努めているとか、産業が少しずつ発展している。

まったく、何が幸いするか分からないものだ。

マクシミリアンの事件の顛末《てんまつ》を報告する書類を、私はひとまず机に置いた。ちょうどいいタイミングで声がかかる。

「――フェリックス陛下、皆様がお着きです」

「今、行く」

これから元チェスター王国をどうするかを話し合う会議が始まる。

他国の外交官達を交えての国際会議だ。開催国がティレーヌ王国というのが何やら陰謀めいているると思うのは、私が捻《ひね》くれているからだろうか？　持ち回りなだけの話だが……

かの国を独立させるのか、それとも分割して周辺国で吸収するのか。

どちらにしても、決着までに数年はかかるだろう。

前国王陛下が生きている間は決まらないかもしれない。

元チェスター王国の人間がどれだけ生き残れるのか。

それは神にしか分からなかった。

〈二人の女性の話〉

王都の冬は寒い。

芯から凍り付く寒さの中、二人の女性が両手にいっぱいの荷物を持って、通りを歩いていた。

「さ、寒いです……」

「今年は特に寒いって言ってたわね。ちょっとカフェに寄っていく？」

「賛成です！」

「旦那は大丈夫なの？」

「いいんです！　少しは主婦のありがたみを知るといいんです！　お義姉《ねえ》さんもそうでしょう？」

「まぁね。今頃、ヤンチャな息子相手に苦労してるでしょうよ」

二人は家を旦那に任せて女だけでショッピングを楽しんでいる。

このところ忙しい日々が続いていたので、息抜きをしにきたのだ。とはいえ、まさかこんなに寒くなるとは思わなかった。

ドアを開けるとカランコロンとベルが鳴り、店員が声をかけてくる。

「いらっしゃいませー」

店内は女性客で賑《にぎ》わい、皆が思い思いにお茶を楽しんでいた。

「暖かいですねー」

「そうね、生き返るわー」

暖炉で暖められた空気が、冷えた二人の身体をじんわりと温めていく。

二人は窓辺の席に座るとメニューを広げた。

「何にしようかしら……あ、これ美味《おい》しそうだわ」

「そうですね、私はこれにします！」

注文を済ませてしばらくすると、食べものより先に飲みものが運ばれてくる。紅茶からは湯気が立ち上り、甘い香りが漂《ただよ》っていた。

一口で二人の口の中に香りが広がり、心地よい温かさが身体の中に染みわたる。

「はぁ……美味《おい》しいわねぇ……」

「幸せです〜」

うっとりとしながら紅茶を飲む二人だったが、窓の外を見て声をあげた。

「あら？　雪だわ！」

「わぁ！　ほんとです！」

チラチラと白い雪が降っている。

その景色はとても美しく、絵画のようだ。

「綺麗ね……」

「はい……でも、なんだか怖いですね……」

「どうして？」

「だって、ここまで寒い日に降るなんて普通じゃないですよ。それに、なんだか降り方がおかしい気がしますし……」

「そういえばそうよね……風に乗って舞っているっていうより、何かにぶつかって弾《はじ》けているような……？」

「不気味です……」

「不気味というより神秘的じゃない？　この分じゃ、明日は積もりそうね」

「雪かき大変です」

「そんなもの旦那にやらせなさい」

「は〜〜い」

そんな会話をしながら一人が、ふと、店の壁に貼られた紙に目を留めた。

「例の土地、ついに立ち入り禁止になったみたいね」

「え、そうなんですか⁉」

「ほら」

指さす先には、こう書かれている。

〝土壌汚染の危険性あり〟

「これってどういうことなんでしょう？」

「さぁ、詳しくは知らないけど、なんでも元住民が何かしでかしたみたいよ。あそこ元々他国の土地だったし」

「随分《ずいぶん》前に滅んだ国ですよね？」

「そう」

「何か見つかったんでしょうか？」

「かもしれないわね。でも、前に旦那の仕事関係で行ったことがあるんだけど、何もなかったわ」

「何も？」

「辛《かろ》うじて城は残されてたけど、それ以外は全部取り壊されてたの」

「へぇ～。確かチャスター国でしたっけ？」

「チェスター王国よ」

「あれ、そうでしたっけ？」

「さては歴史苦手でしょ？」

「えへへ……」

二人はどうしてチェスター王国が滅んだのか、詳しくは知らない。

自分達が生まれる前に滅んだ国だ。歴史の教科書に少し乗る程度の情報しか知らなかった。

愚《おろ》かな王家が愚《おろ》かな行いで滅んだ。そのとばっちりで国民も数人しか生き残れなかった。程度の知識。

「よっぽど恨みを買ってたんですかね？」

「え？」

「だって、何も残さないってことは、〝そういうこと〟なんじゃないですか？」

「……そうかもね」

「お待たせしましたー」

不意にかかった店員の声に、二人はハッとする。注文の続きが来たのだ。

「さ、食べましょう」

「はい！」

そして二人は再び談笑を始めたのだった。

エピローグ　数百年後

かつて栄えた国があった。

美しい王族が治めていた国。

悠久の繁栄を約束されていたはずのその国は、無惨《むざん》に滅びた。

国民は何が起こったのか理解できず、ただ狼狽《うろた》えるだけ。

それをいいことに、栄華を誇っていたことすら許せない者達によって破壊つくされたのだ。

現在、唯一残った城は、彼らの墓標のように佇《たたず》んでいる。

人が訪れることのなくなった大地は呪われた地と呼ばれ、いつしか誰も寄り付かなくなっていた。

荒野と化したそこには、動物さえ近づかない。

かつての国の跡地。

今は廃墟となり、忘れ去られた場所。

しかし、時折そこから物音が聞こえるという噂《うわさ》がある。

人ならざるものの声なのか、はたまたただの風の音なのか。

それを知る者はいない。

LEAVE ME ALONE!
ほっといて下さい
従魔とチートライフ楽しみたい!
1~4
原作 三園七詩
Nanashi Misono
漫画 鳴希りお
Rio Naruki
Regina COMICS
大好評発売中!
伝説のもふもふお供に愛され幼女、異世界満喫中!?
OLのミヅキは、目が覚めると見知らぬ森にいた——なぜか幼女の姿で。どうやら異世界に転生してしまったらしく困り果てるミヅキだったが、伝説級の魔獣フェンリルに敏腕A級冒険者と、なぜだか次々に心強い味方——もとい信奉者が増えていき……!? 無自覚チートな愛され幼女のほのぼのファンタジー、待望のコミカライズ!
シリーズ累計32万部(電子含む)突破!
ほっといて下さい 4
従魔とチートライフ楽しみたい!
三園七詩
鳴希りお
愛され幼女のほのぼのライフに大波乱!? 舞台は王都へ!
王子様でも求婚なんてお断りですっ!!
32万部突破!!
無料で読み放題
今すぐアクセス!
レジーナWebマンガ
4巻 定価:770円(10%税込)/
1巻～3巻 各定価:748円(10%税込)

この作品に対する皆様のご意見・ご感想をお待ちしております。

おハガキ・お手紙は以下の宛先にお送りください。

【宛先】

〒150-6019 東京都渋谷区恵比寿4-20-3 恵比寿ｶﾞｰﾃﾞﾝﾌﾟﾚｲｽﾀﾜｰ 19F
（株）アルファポリス　書籍感想係

メールフォームでのご意見・ご感想は右のＱＲコードから、
あるいは以下のワードで検索をかけてください。

アルファポリス　書籍の感想　検索

ご感想はこちらから

本書は、「アルファポリス」（https://www.alphapolis.co.jp/）に掲載されていたものを、
改題、改稿、加筆のうえ、書籍化したものです。

政略《せいりゃく》より愛《あい》を選《えら》んだ結婚《けっこん》。　～後悔《こうかい》は十年後《じゅうねんご》にやってきた。～

つくも茄子（つくもなす）

2024年 6月 5日初版発行

編集ー黒倉あゆ子
編集長ー倉持真理
発行者ー梶本雄介
発行所ー株式会社アルファポリス
〒150-6019 東京都渋谷区恵比寿4-20-3 恵比寿ｶﾞｰﾃﾞﾝﾌﾟﾚｲｽﾀﾜｰ19F
TEL 03-6277-1601（営業）03-6277-1602（編集）
URL https://www.alphapolis.co.jp/
発売元ー株式会社星雲社（共同出版社・流通責任出版社）
〒112-0005 東京都文京区水道1-3-30
TEL 03-3868-3275
装丁・本文イラストー黒檀帛
装丁デザインーAFTERGLOW
（レーベルフォーマットデザイン—ansyyqdesign）
印刷ー中央精版印刷株式会社

価格はカバーに表示されてあります。

落丁乱丁の場合はアルファポリスまでご連絡ください。

送料は小社負担でお取り替えします。


ISBN978-4-434-33496-2 C0093